AQUARIUS

AQUARIUS

AQUARIUS

AQUARIUS

Vision

一些人物，
一些視野，
一些觀點，
與一個全新的遠景！

三個深呼吸
鄭育慧

目錄

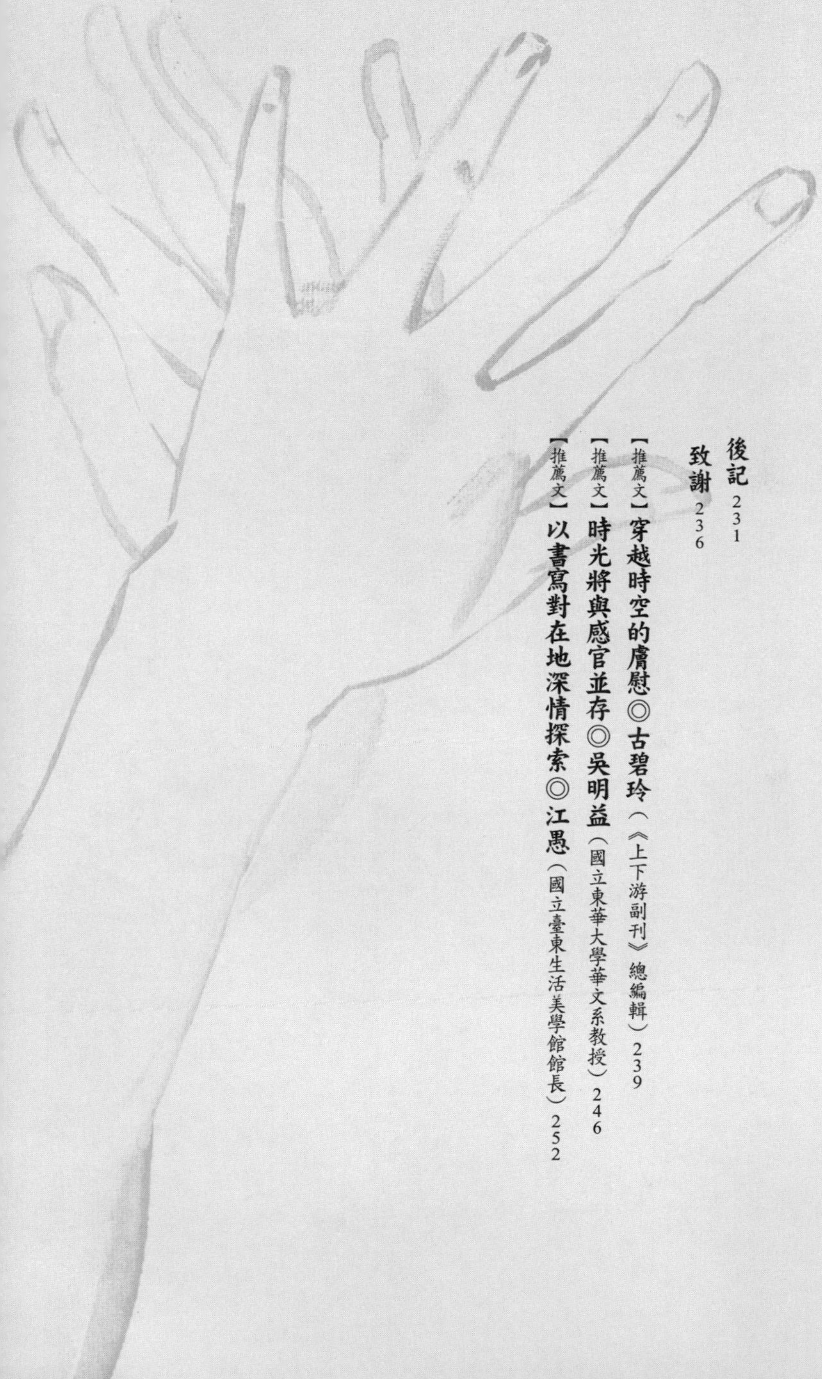

三個深呼吸

初次遇上這個芳療團隊，是在二〇一八年大學的寒假。我們進入臨時避難收容中心替受災戶按摩，一個身軀彷彿拼湊起來的阿嬤，天真得像隻小貓，嚷著：「好舒服啊，好久沒有這麼舒服啊……」

一切日常的韻律都始於呼吸，我們六位芳療師們進入部落，站在病人與老人家的身後，雙手穩穩搭著他們的肩，無聲地以觸覺告知：我們在這裡。

搓暖手心芬芳的精油，將帶有香氣的雙手放到長者的鼻子前，植物天然的香氣環抱著眼前的人們，也圍繞著我們，我輕聲叮嚀：「三個深呼吸。」

在臺東廣大的天空下，陽光穿透樟樹茂密的枝葉，滲進天主堂廣場，閃爍的黃綠色斑光與樹影隨風輕晃。植物溫柔的芳香繚繞，我感受到身體所觸及的另一個身體正緩緩起伏，呼吸加深了，如縱谷的風般綿延悠長，漸漸成為一顆深邃寧靜的星球，有著獨特安穩的律動。

身為定居廣大後山的芳療師，服務的對象遍布整個臺東，從長濱到大武，於是時常開著公務車，在依山傍海的狹長土地往返奔馳，進到各個部落的文健站（文化健康站）或是日間照顧據點，為老人家與照顧者們進行芳香按摩。

這種結合居家醫療與偏鄉長照的「行動芳療」模式，最早或許是源自二〇〇九年八八風災的救援行動。

那年莫拉克颱風重創臺灣，許多人與賴以為生的家園一同遭受土石掩埋。炎熱的夏日，臺東嘉蘭的一間國小化作災民緊急避難中心，聚集了許多失去親人、目睹家園被淹蓋的人們，驚嚇、恐慌、哀傷的氣氛瀰漫。

一位恰好從臺北來到臺東的芳療師 Nicole 也想為受災戶們盡些心力，於是每日跟著醫院的救災團隊開車往返一條路況極差的狹窄山路。那是當時通往災區僅存的道路，據說從山路上俯看整條太麻里溪，會發現曾經費心建築的房舍、橋梁、道路都變成了巨大的沙粒，成為只供回憶的殘骸，被棄置在更加巨大的洪流裡。

第一位接受芳療服務的對象，是位負責煮飯的大姐。她也是受災戶之一，災後時常胸悶頭痛、喘不過氣，但仍然撐著身體，長期站立煮大鍋飯菜餵飽所有災民，這讓她的雙腿更加水腫了起來，腰和手臂痠得發疼。

醫療團隊趁空閒時請她稍坐下來，芳療師為她做了簡單的腿部按摩，就在這時刻，眾人詫異地發現在短短十分鐘按摩腿部的過程，這位失眠多日、無法入睡的大姐，就在溫柔的撫觸中，輕靠在修女身上，安心熟睡了。同時現場瀰漫著植物芬芳的氣味，無形中轉化了整個環境的氛圍。

於是那位芳療師打電話給好友們募集精油，盤算著長期支援所需：「人力的部分，至少有我在。」十三年後，她依然待在臺東，香氣生了根，留了下來。

我初次遇上這個芳療團隊，是在二〇一八年大學的寒假期間，我已從花蓮返回新竹的家，和家人團聚、準備過年，忽然一陣天搖地動，震動的玻璃窗像要碎裂，我的第一個念頭是：「震央在哪？該不會出事了吧？」果然看見新聞播報震央位於花蓮，幾棟大樓崩塌、公寓在河堤旁傾斜，另外，有朋友正在招募芳療志工團隊，進入臨時避難收容中心替受災戶做按摩，以香氣陪伴現場的人們。我立刻訂了回花蓮的火車票，儘管當時，我其實任何按摩手法都不會。

從八八風災到花蓮震災，將近十年，資深芳療師 Nicole 已累積不少救災、偏鄉照護的經驗，也成為臺東聖母醫院芳香照護推廣中心的主任。我拿著他們從臺東帶來的精油，低調穿行在臨時避難收容中心，靜靜走在紛雜的人群和組合床板中，這裡燈光總是明亮，所有擔心餘震的人們都共同睡在沒有隔間的運動廣場。

一位阿嬤床邊放著兩支枴杖，當我蹲到她身邊，她說腰好痛啊，動了三十二次刀。我納悶著怎麼會動這麼多次刀呢？一邊給她聞了香香的按摩滾珠瓶，裡頭有玫瑰、佛手柑、羅馬洋甘菊和真正薰衣草，散發舒緩撫慰的香甜氣息。

她自動解開束腰、掀起衣服，讓我將精油塗在她的腰上，我輕輕撫觸她布滿多道傷疤的腰背，首次明瞭到原來人的身體可以像是被貼了好多塊補丁，活似有靈魂的拼布娃娃。

當我撫滑過這個彷彿拼湊起來的身軀，觸覺讓破碎的肌膚有了延續，她側身瞇眼，天真得像隻撒嬌的小貓，嚷著：「好舒服啊，好久沒有這麼舒服啊⋯⋯」離開前，阿嬤害羞地問我：「你明天還會來嗎？再幫我用這罐按摩好不好？」然而老人家的記憶似乎不怎麼可靠，隔天她就完全認不得我了呢。

另外一張椅子上，一位奶奶身旁放著紅色助行器，我蹲在她身邊，聽她說地震時衣櫃、桌子全都倒下來了，所有東西掉得滿地，連助行器也被震走，她從十二樓的房間爬出來，還好撿回一條命。

帶我服務這位阿嬤的芳療師，是兩位我現在的資深同事，她們分別蹲在阿嬤的左腳和右腳前，替她脫下鞋襪，塗上精油細心按摩，我在一旁靜靜看著，記下她們的手法和動作，也記得了有一股香氣和溫柔的氛圍。說來滿奇特的，那種香氣不僅僅是精油的氣味，絕對不只是檸檬香茅加絲柏、大西洋雪松和永久花，還包含了一種無論走到哪裡，都能使人安全、感覺被溫暖包覆的氛圍。

於是我開始每個月都到臺東當芳療志工，跳上這群芳療師的公務車，一起往返部落，為老人家與照顧者們做芳療按摩。我們走進依山傍海的小馬、有林鵰巡弋的泰源幽谷、海面廣闊閃亮的東河，她們說在臺東生活，任何事情都可以轉化得很快，累的時候開車在路上，看看海，看看天空，疲憊就轉化掉了，這是生活在臺東的幸福。

然而景色再美、天空再廣闊，真正加入這團隊工作後，我卻時常感到像在泥濘中爬行，漸漸發覺必須習慣面對許多現實狀況。

例如一位年滿七十、膝關節退化又末梢水腫的阿嬤，疲乏感覆蓋了眼神裡可能存在的光芒，她卻仍要負責照顧另一位坐在輪椅上的阿公。那是她年邁中風、連話都不太會講的丈夫。還有另一次，一位阿嬤將阿公推到我的面前，說阿公的手很僵硬，沒辦法自己拿湯匙吃飯，總是灑得到處都是，希望讓我按摩後他的手可以靈活一點。

阿公的手托在輪椅上，手指變形、關節腫脹，很明顯的退化性關節炎。我握住他冰冷的手，挑選合適的精油，為每個指節仔細按摩，直到手掌漸漸有了溫度。我叮嚀回去後要多注意手部保暖，尤其早上可以多熱敷，然而同時我也知道，經歷了這次按摩，儘管回去有熱敷，阿公其實還是不太可能靠自己的力量好好吃飯，也難免讓照顧他的阿嬤不耐煩。

我向肯園的 Sunny 老師談起我的困惑，有時候我真的覺得芳療很沒用，質疑我們大老遠跑去部落按摩，但人那麼多，一位老人最多只分配得到十五分鐘，到底是在做什麼？「尤其按摩過後，他們的身體還是在壞啊。」

老師回答：「你不要小看你們在做的事情，你們在做的，其實是一種『膚慰』。在他們的生活裡，很少有機會可以像這樣被好好對待。」

我靜靜聽著這個回答，臉上刻意不顯露任何表情，然而我想起有次活動現場，一位老榮民沉默坐在輪椅上，當同事的手放上他的肩膀，他的鼻子和眼眶就瞬間紅了起來。後來我們才知道，這位老先生在臺灣沒有妻小，一個人生活了好多年，一個人慢慢變老，或許真的很少有機會能感受到被呵護、被溫柔觸碰吧。

在學習按摩手法的過程，最初我總是專注忙於把動作記熟，練習抓準肌肉的位置，提醒自己注意各種技巧：服貼、緩慢、大面積包圍。直到有次練習結束，療程床上的前輩回饋：「流程都很熟悉了，但就是缺少一種感覺，一種想好好愛這個身體的感覺。」

再下一次的練習，我才恍然發現，當我帶著敬愛去和對方的身體對話，明白眼前是一個完整的人，而非一堆骨骼與肌肉的時候，那樣的「觸碰」帶給彼此的感受是很不一樣的。那些我反覆提醒自己要做到的穩定、服貼、包圍，很自然地都能展現出來，說穿了，那些該透過雙手表現出來的質地其實並非技巧，而是一份「心念」——一份想好好對待眼前這個人的心念；透過撫觸，經由肌膚，滲入內在屬於靈魂的空間。

所以，我該怎麼面對我們作為人類的這個身體，以及身體所承載的疾病、衰老與最終必然的消逝呢？這問題像是卡爾維諾《看不見的城市》結尾，有人詢問旅行者：「如果最後所有的潮流都將通往地獄，一切都徒勞無用，那該怎麼辦？」旅行者回答：「如果真有一個地獄，它已經在這存在了，那是我們每天生活其間的地獄，是我們聚在一起而形成的地獄。有兩種方法可以逃離，不再受苦痛折磨。對大多數人而言，第一種方法比較容易：接受地獄，成為它的一部分，直到你再也看不到它。第二種方法比較危險，而且需要時時戒慎憂慮：在地獄裡頭，尋找並學習辨認什麼人，以及什麼東西不是地獄，然後，讓它們繼續存活，給它們空間。」

在我們使用的按摩油中，許多配方都加了義大利永久花（*Helichrysum italicum*），這是以「化瘀」功效著名的菊科小黃花，成群生長在地中海沿岸。蠟菊屬名 *Helichrysum*，意思是金黃的太陽，在地上永恆發光。

永久花的氣味並沒有一般花朵的甜美奔放，前調甚至有些苦澀，可能教人皺眉，但再聞久一些，會漸漸聞見類似龍眼乾的優雅清香，伴著一股蜂蜜般的甜——經過時間沉澱的苦澀，轉化為安撫人心的恬靜尾韻，其上又增添許多閃爍跳躍的金黃色斑點。

菊科的學名 *Asteraceae*，來自古希臘文的星星（Aster），用來形容星形的頭狀花序，每朵菊花都是由許多微小的舌狀花與管狀花共同組成，一朵花其實就是層層疊疊的一束花，花朵雖然渺小，卻彷彿匯聚了黑暗中的無數星芒。

當星星與太陽交替出現，樟樹又從大地萌生鮮綠的嫩芽，曬曬太陽行光合作用，產生的葡萄糖再轉化成芳香，我們這群芳療師們繼續帶著精油，行駛在東部的山海間，透過香氣與撫觸，和年老的人們待在一起。一位 vuvu[1] 牽起我的手，像是看到孩子回家，露出很開心的笑容，這個笑容天真得更像一位快樂、興奮的孩童。我不會說族語，我們語言不通，只能用表情和肢體互動，把同樣的氣息吸進彼此的肺葉，肌膚觸碰肌膚，在吸吐之間，以靈魂交流。

或許我想成為的芳療師，並不是懂得使用多少種功效驚人的精油，而是身為一個人，能和他人有真心的互動、一起好好過生活。如果時間必定會帶走健康的身體、消除珍貴的記憶，至少在共同存活的此刻，我們所行之處都瀰漫著植物芬芳的氣息，「三個深呼吸」，手放上肩膀，我看見眼前的老人家們露出天真的笑，在香氣中瞇起雙眼，宛若初生的孩童。

1 排灣族語，阿嬤之意。

讓香息縫補於無形

殯儀館的悲傷輔導室裡，是太魯閣號列車出軌事故罹難者的家屬。

一位兒子驟逝的母親身體漸漸變得柔軟，她嘆了口氣，瞬間，全身重量彷彿隨著這口氣掉了下來……

如果選擇一個職業，是選擇一種觀看世界的方式，我仍在摸索芳療師——與植物合作，將香氣引入人間的角色——怎麼回應這世界所發生的一切？

二〇二一年清明連假過後，有兩週的時間，我跟隨 Nicole 老師來到臺東市立殯儀館，為 0402 太魯閣號列車出軌事故罹難者的家屬們進行芳療。Nicole 老師是臺東聖母醫院芳香照護推廣中心的主任，曾帶著精油走過許多災難現場，以香氣陪伴身心承受巨大衝擊的人們。

我首次與 Nicole 老師相遇，起因於花蓮的震災，那時我還是個大學生，聽聞災情讓許多人無家可歸，於是決定參與花蓮的芳療師們發起的芳療計畫，到避難收容中心當志工，Nicole 老師也和小玫姐、阿媛從臺東帶了幾箱精油，一同前來服務。現場好幾位失眠多日的受災戶，在短短二十分鐘的按摩中便熟睡了，原本緊繃焦慮的收容中心，充滿各種植物芬芳的氣息，在香氣中，我注視著人們舒緩的面容，進而天真地相信了一個幸福浪漫的幻想：無論走到怎麼樣的境地，身為芳療師，就可以永遠和香氣待在一起。

然而這次前往殯儀館前，我卻感到遲疑。面對失去孩子的父母，我做什麼都於事無補，那麼我該抱持什麼樣的心態進行工作？要怎麼才能穩穩陪伴正在經驗痛苦的他人，同時維持自己身為人的溫度？

我能足夠透徹，把生死都視作自然的循環嗎？

身為必須不斷置身現場的芳療師，究竟要站在何處，才能安穩正視必然的死別和病苦？

抵達殯儀館，走向悲傷輔導室的路上，我瞥見路旁一隻白腹秧雞的屍體，牠已被移到一棵桃花心木下；一旁的草叢傳來環頸雉雄鳥拍翅、宣示領域的嘓嘓聲。更遠處的鳳頭蒼鷹也發出求偶時的熱烈鳴叫，提醒我身處春季的野地，大地承載死亡，同時也生生不息。

我跟隨 Nicole 老師的腳步再往前走，更往人群靠近，空中一隻白尾八哥降落靈堂的屋頂，鮮黃的腳爪踩踏三角形屋頂的尖端，對著底下布滿白帳的廣場，牠挺胸，開嗓。

進入安靜的室內，放起輕柔的音樂，家屬在我眼前的椅子坐了下來，是一位兒子驟逝的母親。我打開複方精油「心靈花園」，沒有解釋任何成分，只將我帶有香氣的雙手放到她面前，輕輕搧動，請她深呼吸，讓香氣環繞她。接著我使用了按摩油達瑪，在她的肩膀和背上，輕柔地撫觸。

她的身體漸漸變得柔軟，我順勢拿起她的手，安放上我的手肘，同時以另一隻手緩緩為她塗上按摩油。她嘆了口氣，瞬間，全身的重量彷彿隨著這口氣掉了下來，我感到生命的氣息失落，自己也如塵土，向下墜落。

身旁一位女孩說起哥哥的哪些部位透過鑑定找回來了，哪些部位骨折，可能還要裝上義肢。「媽媽說，就讓修復師慢慢修。」Nicole 老師輕輕為這女孩按摩，手放上她的肩膀，又撫滑過她的手。女孩坐在椅子上，以生硬的語調，自顧自的，慢慢地說。

在各種植物精油與人的呼吸交織流動的氣息中，肌膚的撫觸、零碎的語言，像是某種無形的縫補，和拼湊。

「當你來到我面前，你可以坐在這張舒服的椅子上，閉上眼，或許你會看見一片漆黑，這時我打開精油，請你聞聞心靈花園的氣味，你可以做幾個深深的呼吸，感覺植物芬芳的氣息。同時，也許你會感覺到身體慢慢放鬆了下來，內在有個空間變得開闊，很好，呼吸加深了。

通常你不問，我就不會說，你確實可以好好滿足於這享受，不必知道這個香氣裡含有什麼精油，但如果你懷抱好奇，那麼我也很樂意告訴你：裡面有檸檬、甜橙、杜松漿果，它們是陽光下香甜圓滿的果實，像充滿熱情力量的孩子，活潑地想探索這個世界更多；還有檸檬薄荷、芳枸葉，你的呼吸會隨著這個氣息變得更加輕盈通透，腹部、胸腔、肩膀和頭皮也都會變得更輕鬆。

如果你再聞得更深、更仔細一些，對，讓身體更加放鬆，呼吸愈來愈沉澱。你會發覺欖香脂和高大的喜馬拉雅雪松早已把你包圍，守護在四周，形成穩固支撐的結界。在身體之內，香氣牽引記憶緩緩流動，身心都舒緩下來，待在這裡，很安全。」

這些話，我通常都不會說。

在臨床的芳療工作，芳療師時常看起來像「單純在做按摩」，但事實上，按摩的背後有許多「無聲的工作」。尤其在個案量大、時間緊迫的工作現場，芳療師要能精準理解對方當下的身心狀況，即時挑選最適切的精油，直接就對方所關切的重點提供需要的支持。

敏銳的觀察力、對精油的了解與快速掌握，這是許多芳療師花費大量心力學習，但在現場鮮少被詢問，也甚少被看見的無形功課。

而看似只有肢體活動的按摩，其實精華不在於任何可見的手法和動作。按摩，是一連串「喚醒覺知」的過程，芳療師本身必須足夠沉穩寧靜，帶著純粹的心念，接受按摩的人才能在觸覺與香氣的陪伴下，好好和身體相處，進行專屬自己的身心整合。

芳療師的手，是意念的延伸，透過肌膚的撫觸，體察每個瞬間各部位觸覺感知的不同，配合呼吸和表情的改變，即時隨之調整。在芬芳的時刻，觸及身體裡的魂，這樣的溝通方式，比話語更精微、細緻，也更加誠實。

於是，我對芳療按摩的理解是：芳療師在芳香植物的陪伴下，邀請受作者的靈魂交流共舞，一同探索出新的身心平衡。

我們來到其中一位罹難者的靈堂，四周放滿鮮花，她的家人們正圍著桌子摺蓮花。姐姐看見我們，笑著說謝謝你們，讓我們每天都睡得很好。

她說妹妹的身體在花蓮被找到的時候，身上還戴著耳機，手機螢幕停留在一首歌，〈在這座城市遺失了你〉，於是Nicole老師放起這首歌，而我反覆聽著：「你的故事，存在一個需要密碼的盒子，紀念時刻，打開卻會冒出一陣陣白煙……」

那時整個空間瀰漫了白色的煙霧，卻不像是焚燒紙錢或任何物品的煙。小說《華氏451度》寫到一群不願遺忘、堅持要守護某些珍貴記憶的旅人，為了保存記憶，踏上艱困的旅途。行走時，旅人在心中靜靜思忖：

在這樣的日子裡，要說什麼才能讓這段旅程稍顯輕鬆？凡事都有定期，沒錯；拆毀有時，建造有時，沒錯；靜默有時，語言有時，沒錯；這些都對，但還有什麼？

在河的這邊與那邊有生命樹，結十二樣果子，每月都結果子；樹上的葉子乃為醫治萬民。

坦白說，我其實不這樣相信，自然界中，植物並不會想著要醫治誰，它們就只是單純、如實地存在，僅此而已。

我鬆開姐姐的馬尾，放下她的頭髮，再次打開了心靈花園，空氣中滿溢檸檬、甜橙、杜松漿果和芳枸葉潔淨的氣味。她笑了一下，對同桌的親友們說：「妹妹的同學昨天有來幫忙摺元寶，還說『她現在很 rich』，超好笑的。」

頓時整桌充滿了笑聲，我看向靈堂的照片，那位年輕的女生也和家人們一同笑著。瞬間，我似乎明白並肯認了那段關於生命樹的文字，必然出自一位心念溫柔的醫者。

Nicole 老師特別多帶的心靈花園，搭配按摩油達瑪，恰好十二種植物精油。配方包含了植物的根、莖、葉、花、果，還有負傷時，自傷口流淌至表層凝結，能幫助修護的樹脂。這組氣味蘊含了生命完整生長的過程，負傷與癒合。

達瑪（Dharma），名稱音譯自梵文的「法」，意謂世界的一切法則和所有現象，成分是大馬士革玫瑰、橙花、永久花、岩蘭草和檀香，香氣溫柔沉靜，像是無聲訴說：天變，地變，愛也會變，在大地的轉化中，愛會化作多種形式。

我再次看見了殯儀館外的那棵桃花心木，以及樹下那隻死去的白腹秧雞，你曾聽過白腹秧雞特殊的鳴叫嗎？牠們喜歡躲在有水之田，或是潮濕的草叢裡，叫聲像在吶喊：「苦啊、苦啊、苦啊……」

當我與這隻不再鳴叫、眼神成為深邃黑洞的白腹秧雞，一起待在桃花心木下，牠的右眼望向哀傷沉重人間，左眼看向生生不息的野地。

風吹來了，周圍的樹與草叢發出細微的沙沙聲，我倚身樹木，再次聽見失去摯愛的嘆息，伴隨愛慾高漲的鳥鳴。我聽見眾人在靈堂凝聚，手摺蓮花，說著下個階段很「rich」，眼淚伴隨祝福和歡笑，芬芳的氣息滿溢。我聽見環頸雉拍起翅膀，而我靜靜站在土地上，和植物在一起。

自然的脈動年復一年，萬物周而復始地流轉，這也許就是我以芳療師的角色回望世界的姿態。

佛手柑

任何知識上的滿足，都比不上萩花阿嬤眼睛裡發亮的煙火，比不上她拍拍柔軟的肚子，開心告訴我按摩好有用。

我不知道萩花阿嬤這一生經歷了什麼，總之遇到她時，她已經肝腎衰竭，全身細瘦像隻流浪小貓，虛弱地躺在安寧病房。

醒著的時候，萩花阿嬤抱怨看護不聽她說話，兩個禮拜換了三位看護。當第三位印尼籍的看護抵達，我與同事幫阿嬤按摩。阿嬤插著鼻胃管，說她想要吃粥，她不要鼻胃管，好希望有人幫她煮粥，煮爛一點，她其實可以吃的。

萩花阿嬤有排灣族深邃的輪廓、雙眼皮的大眼睛，絕對曾經非常美豔。但我只看過她躺在病床上的模樣，身旁放了一支褪色的塑膠梳，上頭卡滿髮垢，參雜銀灰色頭髮。這麼小的病床，她選擇放在身邊的是這支梳子，大概是希望自己要美、要體面吧？在我的回憶中，那把梳子很香。

最開始接觸芳療，聞到各種植物萃取出來的精油，我單純覺得好喜歡，好享受這些氣味，興奮地想把香氣分享給喜歡的人。成為芳療師之後，聞著同樣的香氣，我腦中浮現卻是好多身體、好多人臉，各種工作的場景再次現前。

佛手柑的氣味進入鼻腔，往上聚焦在眉心，往下流入胸口，隨著呼吸在身體之內拓展出一個寧靜空間。我依然能感覺沉靜放鬆，只是缺少了最初興奮的感覺。氣味勾動海馬迴，跟隨香氣而來的，就是萩花阿嬤的臉。

我的身體擋在她和看護之間，萩花阿嬤拉住我的手，把我往她身上拉近。她要跟我說祕密，但她不要看護聽到這些話。

她搖搖頭，對我說看護不好，都不聽她講話。

誰可以為萩花阿嬤煮粥呢？看護獨自坐在我身後的躺椅，是唯一能時時守在阿嬤身旁照顧她的人。

「她不是才來第一天嗎？你怎麼已經認定她不聽你說話？」我當然沒這樣質問萩花阿嬤，因為我們都知道，其實阿嬤最想要得到關注的對象，是她的家人啊。

阿嬤的體積愈來愈小，存在的重量愈來愈輕，消瘦到隨時就要消失在世界上，只有腹部不成比例地膨脹。我們掀開衣被，露出脹氣的腹部，手掌服貼、順時鐘畫圈塗上按摩油。

這個配方叫靜花，裡頭有甜橙、紅橘、山雞椒、芫荽籽與苦橙葉，充滿柑橘與香料，希望能幫助阿嬤舒緩焦慮，無論情緒或食物，都能順利消化。

隔天我再進病房，阿嬤好高興地拍拍她的腹部，告訴我：「你們按摩完，我肚子就消了！」她說她正在等待看護帶她去廁所，瞬間皺起眉頭，顯然又快陷入抱怨照顧者的循環之中。

我立刻拿出精油給她聞香。「你喜歡這個味道嗎？」

她抬頭，眼睛在放煙火，閃亮亮的雙眼興奮看著我：「我要買！」

這是我第一次看見像流浪小貓的萩花阿嬤露出光彩熠熠的模樣。她喜歡這個香氣，就和我第一次聞見佛手柑一樣，心花怒放。

於是除了病房擴香，我抽了一張衛生紙，滴下一滴名為「幸福」的精油，放到萩花阿嬤枕邊，就壓在那把梳子之下。

佛手柑是複方精油「幸福」的主要氣味，現在當我吸聞，我想起那支褪色、沾滿髮垢的梳子，底下有幸福散發芬芳。想起最初枯瘦的流浪小貓，以及後來興奮的雙眼閃閃發亮。

萩花阿嬤早已經出院，我錯過了親口告訴她兒子「你媽媽想吃粥」的機會。

佛手柑的氣味像是天空有雲，陽光般香甜，此刻卻喚醒我記憶中一個又一個曾經的形體，曾經存在的面孔浮現。「那時候是不是還能怎麼做得更好？」這個問題也伴隨香氣反覆繚繞我的睡眠。

如果問我從事芳療工作，受過什麼精神上的職業傷害，大概是聞見曾經迷戀的氣味，引發的不再是放鬆的吐氣，而是遺憾的嘆息。對氣味的感受變得複雜，但在喟嘆之中，卻也沉積出更深層的快樂。畢竟許多人都可以聞到柑橘的甜美，都可以在書上讀見「柑橘類精油助消化，有提振情緒的作用」，但這些都只停留在知識層次的滿足，比不上萩花阿嬤眼睛裡發亮的煙火，比不上她拍拍柔軟的肚子，開心告訴我按摩好有用。

所以我還是期許自己做一個能把香氣帶進人間現場的芳療師，只是工作結束後，需要更加專注於呼吸，好面對這些不斷浮現的人影。

輕輕吸聞佛手柑，芳香分子接觸鼻腔黏膜，引發嗅球產生神經訊號，直達大腦皮質和邊緣系統，觸動掌管記憶與情緒的區域，牽動出斑駁油膩的頭髮、布滿皺紋的笑容、滿是老人斑的粗糙的手……

維持呼吸，專注凝神。我記起這些手都曾經和我彼此交握，此刻我們又再次待在共同的香氣之中。

身體是靈魂的房間，收藏出生到死亡的所有經歷。現實中，許多他們的肉體早已不復存在，肉身消失之後，存在的痕跡碎裂，其中一片收納進我的身體。有時在我腦中醒來的人影太過真實，讓我很想為祂們念誦王鷗行的詩句：

瞧，這兒有個房間
如此溫暖且血脈相親
我發誓，你會醒來——
並誤認四壁為
肌膚

雙眼輕闔，在人影衝破四壁之前，吸進佛手柑的氣味，撫平所有哀傷和嘆息；讓香氣包裹每一個形體，透過肌膚進入血液循環，跟隨呼吸進入肺泡微血管。植物的精質融入身體，屬於人的四壁崩解，在體內與我血脈相親的眾多幽靈浮現。

每一個幽靈的軀殼，我都曾經真實觸及，要再次吸氣，引導植物滲入四壁中的四壁。吐息，讓房屋瓦解，生出花草，告示著數不清的觸碰都已經結束。

繼續吸聞佛手柑，持續告別曾經吸進體內的氣息，解放束縛其中的幽靈。人影崩解，釋放所有畫面，直到意識剩下佛手柑的氣味，與大地相連。重生的草木青綠，開出白色的花朵，再凋謝。

直到覺知只剩下氣息的進出，一切格外靜謐，我一個人在這裡，感受吸氣和吐氣，如永恆的潮汐。

柑橘屬的果實氣味大都馨香甜蜜，但我最愛佛手柑，因為在奔放的甜美之外，罩上一層柔軟的薄紗，陪伴失去光陰的人們，有意識地擷取美好的部分包裹收藏。

粉碎花盆

芳療館來了一位鋼鐵般的女生，反覆說：「大力一點。」我轉移重心，手肘放入更多身體的重量。然而她生氣了：「我覺得你都在摸我欸，要摸，我回家摸就好了啊！」

「人生除了死亡，其餘的都是擦傷。」日本超覺寺有這句廣受流傳的標語。如果我從年輕就練習觸碰死亡，那麼是不是就更有機會穿越所有擦傷，往後遇到任何情境都不再害怕？

在死亡背後，有沒有什麼究竟的寶藏、終極的醫藥，可以治癒人們受活的所有痛和傷？

剛來臺東工作時，有兩年多的時間，我居住的公寓套房位在已歇業的葬儀社旁邊。這棟公寓空屋率過半、沒有管理員，電梯也已經損毀，走廊與樓梯即便換上新的燈泡，沒過多久也會莫名損壞，甚至整個燈泡都不見，以致每天日落後幾乎總是一片漆黑。

白天我接觸完人們各種病痛的身軀，下班後再獨自回到這裡，拍掉他人遺落在我身上的皮髮碎屑。站在公寓門口，看著右上方招牌斗大的字壓在頭頂：「正大葬儀社　臺式棺材、西式棺材」，我左轉踏入黑暗，沿著樓梯往上，感受黑暗吞沒所有形體，包含我的身軀也被食盡。

步伐向上，一階、又一階。我知道身體終將會粉碎，每個生靈都是如此，所有的名牌與名號終將消逝，於是沿著階梯行走，腳步愈來愈輕，歸功於那塊死亡的招牌，將一切阻擋在外，所有的角色身分都遭剝離，印證余德慧老師曾經的提醒：

「所有的在世的光采都是令人愉悅的智障。」那些芬芳美好、泛著天使光澤的東西，都只是給外界的交代。

一階，再一階。步履輕盈，在漆黑之中抵達三樓，我開啟房門，彷若一縷遊魂，隱遁到墓穴中棲居。

我明白，我渴望探究的是打從存在根基就被否定的崩毀、各種形象的摧折及粉碎，我好想知道：人如此渺小，如果生命最終能有剩下的東西，那究竟是什麼呢？當人負傷的時候，修復是必要的嗎？如果是，該修復什麼？修復成怎麼樣？

於是我住進水泥叢林中一個漆黑荒蕪的洞穴，點起一盞蠟燭，反覆觀看心裡那個健康強韌、曾經誤以為生命無限的自我，跟隨他人的處境一同破碎，體認自己無能修復任何一者。

在破碎的處境中，我維持室內空間的潔淨，白天出門時穿戴整齊，每個夜晚待在這裡，釋放心中的幻影和燭光一同搖曳——渺小的火光發熱，溫熱的空氣緩緩上升，每日我凝視眼前的人影都在變動，空氣也在流通，窗外吹進了風。

當風吹進公寓的夢中，我成為緩慢鑿開墓穴的陰影，等待柔弱的月光終於照進，我窺見自己與眾人們都活在花盆裡。花盆碎裂的時候，我們都落回大地，粉碎，塵土瞬間揚起又復歸平靜。

在土裡，我陷入沉沉的睡眠，直到陽光開始集氣，再次照耀山巒與平地。靈魂蟄伏在地底，跟隨水的路徑經過樹根，依循風的起伏成為呼吸，溫熱的氣流徐徐上升。

烏頭翁發聲啼鳴，一睜眼，我又復生，成為人形。

身體是靈魂的居所，將身體打扮成乾淨的人類，我來到療程室內。

「無論來訪者的實際年齡，只要躺到療程床上，就是只有三歲。」這是芳療老師Enya的叮嚀，「做按摩不是只做肌肉，我們要觸及身體裡的心靈。」

這天，芳療館來了一位鋼鐵般的女生，外貌大約四十幾歲，極短的平頭、精瘦的身軀，換鞋時動作俐落。

「你平常有在爬山嗎？」我好奇地問。

「你怎麼知道？」她睜大眼睛看著我。

「登山鞋。」我指著她脫下的鞋。

「對呀，要背很重，腰和後腿常常很痠痛。」她說話的聲音十分用力。

進入療程室，她趴在床上。

按摩開始後，她反覆說：「大力一點。」我轉移重心，手肘放入更多身體的重量。

「大力一點！沒感覺欸！」

我拇指推進她小腿腓腸肌、比目魚肌的中線，然而她生氣了：「我叫你大力一點，你有聽到嗎?!我覺得你都在摸我欸，要摸，我回家摸就好了啊！你根本沒辦法解決我的痠痛，你們這邊每個人都像你這樣嗎？」

面對她猛爆的怒氣，我只好開口說明：「每位芳療師的手法會不太一樣，不過我們這邊的芳療按摩，確實跟一般按摩不太一樣，不是愈痛愈有效喔。我們有很多大面積撫滑的動作，目的是加速精油吸收，這動作沒什麼力道，很輕柔。」

我拉起她的腿，將腳掌往下壓，伸展小腿後側肌群，「這樣有什麼感覺嗎？」

「沒感覺。」

「那這樣呢？」我將她的腳掌押往臀部。

「大腿前面緊緊的。」她的專注力已從期望捕捉痛覺的備戰狀態，切換到感受當下身體的覺受。

「對，這是個伸展動作。你需要的不是繼續施壓，而是放鬆。」她忽然安靜了下來。

完成腿部按摩，她翻身到正面，我在她的雙眼蓋上毛巾，聽見她緩緩吐氣，像個終於鬆下警戒的小孩。

「你一定覺得花錢來這邊，結果芳療師的力氣這麼小。」我主動延續剛才的話題。

「不會啦……就像你說的，方法不一樣，體驗一下也很好。」她害羞地笑了，不久前鼎盛的怒氣已然消逝。

「雖然芳療師力氣很小，不過可以跟你說個好消息，我們用的精油品質很好，裡頭有芳香白珠、龍艾和依蘭，針對肌肉痠痛和放鬆很有效。」芳香白珠氣味濃烈，是痠痛貼布的主要成分之一，只要一點點劑量，就可以讓療程室瞬間充滿粉紅色氛圍，舒緩過度的自我鞭策，軟化強硬的框架和偏見。

「你平常手也很痠吧？」

我沿著她的三角肌揉捏，感覺上臂的肌肉緊緊綳在一起。

「對啊……」

「你平常很自律喔。」

「你怎麼知道？」

「你的身體就是很自律，而且個性很直。」

「你怎麼知道？」她又露出了靦腆的笑。「我可以帶我媽媽過來嗎？她一半癱瘓了，有點失智，平常都躺在家裡。」

「可以呀。」我回答。

她已從最初的憤怒戒備，轉為輕聲細語、嘴角微微上揚，接著上下顎分離，安心進入了睡眠，呼吸融進芳香白珠溫暖的香甜。我看著她在療程室裡熟睡，意識像顆種子落進土裡，身體放鬆成為沃土，接受大地的撫育，等待生機再次萌芽。

療程結束，在她離開之前，我把照顧自己的責任透過話語還給她：「我確實沒辦法解決你的痠痛，不過你可以感覺一下，身體應該輕鬆很多。以後做完運動，一定要做伸展喔。」

她忍不住笑容，像個嬌嫩的小女孩，泛紅的雙眼盯著前方桌面，刻意撐大眼珠，裡頭流轉白色的光芒。剛進芳療館時鋼鐵般的她，此刻是努力忍住不掉下眼淚的模樣。

告別後，我轉身收拾療程室，想著許多人們追求強壯，逼迫自己必須變得更加堅強，不允許任何鬆懈的時刻。然而在過度鍛鍊之後，終於有段時間可以停下鞭策，不抗拒脆弱，接受人不可能永遠堅強，張弛有度，生滅有時，這樣似乎也很好。

打開窗戶，精油的氣味擴散到室外，療程室的空氣再次流通。

空氣刷新後，我好奇下一個進來的又是誰呢？世界上充滿各種酸楚與疼痛，有的蟄伏在身體，有的包裹在死亡之中，無論哪種，都是會過去的疼痛。愛與生命也都相同，風早已無數次將療程室裡殘留的氣息再次清空。

我聽見耳朵裡有聲音念著：「人離難，難離身，一切災殃化為塵。」提醒所有固著的形象終將碎去。我持續呼吸，反覆練習，直到甜美與苦難，都一併成為輕盈的煙塵，一個呼氣就散去。

他們的世界

我敬重社工們願意為案家赴湯蹈火。在他們疲憊時，如果我能成為後援，陪伴他們享有舒心安睡的好夢，大概就是我作為渺小芳療師所能承受的巨大榮幸了。

人不可能永不休息燃燒身體和熱忱，於是當社工師們走進療程室，我總是特別歡迎。社會仰賴社工，他們走進甚少人涉足的陰暗角落，在各種絕望、不公義的處境中奮力創造希望，即便籌碼可能只有手中一根細小的火柴，也咬牙撐過。

好友 Ting 曾是同個醫院的社工，牡羊座的她正義感十足又爽朗直率，身材纖細瘦小，剪了俐落的鮑伯頭，每天不斷奔波訪視眾多案家，像飛奔的野火。

有次，Ting 出現在療程室，丟下一句：「我感冒了。」說完直接趴倒在療程床。我選了含有丁香花苞、肉桂葉和桉油醇迷迭香的按摩油。療程才剛開始她便陷入熟睡，我帶油的雙手觸碰她的身軀，感覺到她漸漸升溫發燙，直到我不禁懷疑，我摸到的其實是塊燒紅的木炭吧？她正在和丁香花苞一起燃燒，像要燒掉整間療程房。

療程結束，她緩慢甦醒，睜眼第一句話是：「噢！脫胎換骨！」伸個懶腰，宛若重新出生。原來她是隻浴火鳳凰。

接著鳳凰火速離職了，下份工作依然是個社工，只是轉換到婦幼保護領域，協助嬰幼兒送養。新生的生命總是被允許對未來抱持更多開放的可能，新生的鳳凰，大概能為自己的生活增添更多樂觀的希望吧？

但有次下班喝酒，她整晚在說：「跟你說喔！我有個小孩要送去國外了，努力了兩年，他真的好可愛！很——可——愛——！我知道這樣對他比較好，可是我好捨不得……我有個小孩……」

「哈囉，你有下班時間嗎？」鳳凰忙於育雛，我的調侃顯然被忽視。她吃進一口薯塊，一邊繼續說：「可是我好捨不得！而且我好像偵探喔，家屬會騙我！」她又配了一口酒。

安置好幾位孩子，Ting 再次離職了，這次全然卸下社工職務，回家當農夫。她說她需要種田休養，把身體顧好，看來她工作的身心耗竭一定很大吧？

另一位社工同事大熊也曾來到療程室。大熊在院內被公認拿麥克風的方式非常專業，唱起歌來簡直天籟。只要聽見大熊的歌聲，路過的人再奔忙，都會停下腳步，腦袋瞬間空白，不得不轉頭朝聲音的源頭看。

但這天，他震動能唱出優美嗓音的聲帶，疲倦無力地說著：「我最近在陪案家

跑法院，跑法院的過程又有個案自殺。」

我當然不敢問那位個案現在怎麼樣了、跑法院和自殺的是不是同一位，怕問了也只是提醒他：還有好幾個案家要訪視和憂心，還有寫不完的紀錄和報告在家裡等待他去寫，完全無助於他來這裡的目的。

大熊的眼袋快垂到地上，走起路來左搖右晃，令人擔心整隻熊即將崩垮。果然，一進入療程室，他換下衣服就立刻攤倒在按摩床。他的體積是我的四倍大，體重一定超過一百公斤，我看著小小床上的巨大身影，好像所有案家的重量都壓在他身上，而他再把所有人都放上這張小小的床。

我為他蓋上加大的白色毛巾。由於大熊的身體實在太巨大，按摩時我的手掌難以抓握，只好降低按摩床，許多動作都改用肘滑，經由手肘，精準壓入身體的重量。我踮腳，身體重心往前化作力，意念和重量掉進他的身體，閉上眼睛，漆黑的空間，裡頭像是住了好多好多人。他說他天天睡不著，腦袋充滿混亂的聲音和思緒。

「你是不是很想成為強壯的大熊，把大家都包覆在你巨大的身軀下，用溫柔厚實的毛皮保護大家？」這種肉麻的話才沒有人會問出口，我專注在思考究竟該給他歐白芷根或是薑精油，兩種的底蘊都足夠沉厚。

最後我選了歐白芷根，想著下次再用薑。根部類的精油能讓人的根基深入土壤，只要人能落地，掃除無益的憂心，腦袋就會安靜，可以更腳踏實地活在當下，該吃就吃、該睡就睡。

我希望天使般的歐白芷根能帶著祝福進入大熊的身體，為他淨化雜訊，讓身心回歸自然，屹立不搖，吸收大地的養分。沒料到做完療程，才沒幾天大熊就迅速離職了，與 Ting 不同的是他至今只來過這一次，我再也沒有遇過他。

「社工這行業離職率非常高，但如果前五年能撐得下來，那通常就會做很久很久。」好幾位資深的社工師都曾經這樣說。

因為這行是「志業」吧？

爆表的情緒勞動一定有，體力勞動的部分，有時還真的必須加上身體的肉搏，例如給予個案大力的擁抱，可能是為了阻止他衝去打架，或是在加害人面前，必須抓著他逃跑。在體力耗盡後，夜晚可能還得繼續挑燈面對各種文書工作，甚至可能臨時接到個案自殺前的求救電話；睡眠時還有源源不絕的替代性創傷可以化作夢境素材來陪伴……

在這種勞動處境，社工師要能活下來，同時還被期待繼續為案家謀福祉，成為社會安全網的第一線英雄。聽各領域的社工們在療程室內訴說各種經歷，我時常嚇到腿軟，快跪下來，只能讚嘆這些出現在我眼前、還活生生的社工根本是媽祖婆降世吧。

「我們很習慣一直付出，但我後來發現這樣不對，我也還在學習界線。」文姐躺在療程床上說。

她是從臺北前來進修的資深社工師，上課之餘預約了按摩療程。聽她再次說出這句好多位資深社工們都曾說過的話，我想起 Ting 也曾經躺在這個相同的位置，感嘆說：「燃燒自己，照亮別人，之後就是燃燒殆盡。」而那天我知道 Ting 再次竭盡了，只保留最後一點點力氣，拖著身體躺到這裡。

療程室燈光暖橘溫馨，空氣充滿佛手柑甜美單純的香氣。

我的雙手沾滿混有西洋蓍草的按摩油，以雙臂勻開，大面積塗抹在文姐的背後，撫滑過，確認均勻。我再站到她頭前做了兩次大划船，連貫綿延的動作，我感覺自己像在修護皮膚的無形界線。接著，我站到她體側做雙手揉捏，以身體的力量帶動手臂，跟隨音樂旋律左右搖晃，我享受這場跳舞，讓手掌承載意念，像無形的針左右穿梭縫補，感覺一切漸漸變得柔和完整。

直到文姐翻身，正躺在床上，我在她的雙眼蓋上熱毛巾，她說起她心裡的牽絆：「我們還有個孩子在柬埔寨。」

這時候海外高薪打工的騙局剛被披露，媒體正沸揚報導柬埔寨人蛇集團的內幕：年輕人淪為商品遭販運，不服從就得承受各種肢體暴力，好多人逃不回來。

「被騙過去的嗎？」我好奇地問。

「哼！他混得很好。」文姐發出冷笑。

聽她的聲音，無奈之中似乎還包含了一絲讚許，像在說：哼，這小子不錯嘛，也挺有他的一套。

「至少在那邊他可以溫飽。」她沉默了一下，繼續說：「我們上週有跟他視訊，問他在那邊做什麼，他說：『招募人才啊。』」以一種無所謂的語氣。

「一起把人騙過去的意思嗎？」太荒謬了，我有些驚訝，但聽起來是這樣沒錯。

「我又問他：『那你的護照呢？』『老闆會幫我們保管啊。』講得很輕鬆、理所當然，我同事說這孩子真笨，不知道自己被騙了。我說：『不，他很聰明，他混得很好。』」我們倆忍不住在療程室裡大笑，聽起來她掛心的這傢伙還真的滿有本事的嘛。

然而，是什麼樣家庭長大的孩子，能夠在這樣的環境謀生？

「他一定看過更可怕的世界吧。」我回答，而文姐沒有繼續說話，我牽起她的手掌按摩。她的左手曾經受傷、韌帶斷過，造成無名指和小指彎曲的弧度有限，再用力握拳都無法密合。

「你們會想辦法把他帶回來嗎？」

「怎麼帶？這小子沒有要回來的意思，就只能讓他在那裡啊。」

的確，他沒有要「被救」的意思，但他是真的需要「被救」嗎？我反省到是我自己的主觀意識太強了。

「也是，還有很多人需要你們，把資源留給真正需要的人，至少他在那裡有保障薪資、混得很好。」許多事物都無法掌握，愈想抓在手裡的反而常常溜走，我在她的手心塗了永久花精油。

文姐陪伴過的孩子們都有屬於自己的人生道路，她總是必須放手，讓這些孩子去體驗各自的旅途。儘管途中必定包含許多超乎常人意料的冒險行動。

「他曾經騙過我兩千塊。那時候我有叫他寫借據，呵，但我知道他不會還，果然他就消失了！」社工固然有保護彼此的職業倫理和原則能遵守，但人是活的，面對各種情境，沒有人真的知道什麼樣的處置和互動才最正確明智。文姐大概從來沒有逼這孩子還錢過，在意的是涉入過多的情感付出就這樣斷掉，但至少上週才通話過，聯繫還在。

我移開熱敷眼睛的毛巾，拿起按摩梳為她梳頭，在玫瑰和佛手柑的香氣中，她閉著眼睛回憶：「我也很感謝我的工作，讓我可以用孩子們的眼光來看世界。有時候也會很驚訝，怎麼這樣的處境還能活得下來……這些孩子很有生命力啊，有時候想想，如果是我在這樣的處境，我不知道能不能像他們這麼堅強。」

文姐回去後，我打開窗戶，將療程室收拾整齊。當我洗完手，精油的氣味也已經散去，這些孩子們與文姐的故事也都過去。

好多次，我彷彿透過一個人，稍稍窺見了「好多個他們」的世界。然而我總是以一個這麼舒適、如此旁觀的角色來參與，於是這些能夠身歷其境的社工師們都更加令我敬重。

我敬重他們身為人卻願意以社工的專業為案家赴湯蹈火，即便手中的武器可能只有稻草般輕重，卻依然上場進行情感的肉搏。在他們疲憊時，如果我能成為後援，提供一個滋養的場所，陪伴他們享有一些舒心安睡的好夢，大概就是我作為渺小芳療師所能承受的巨大榮幸了。

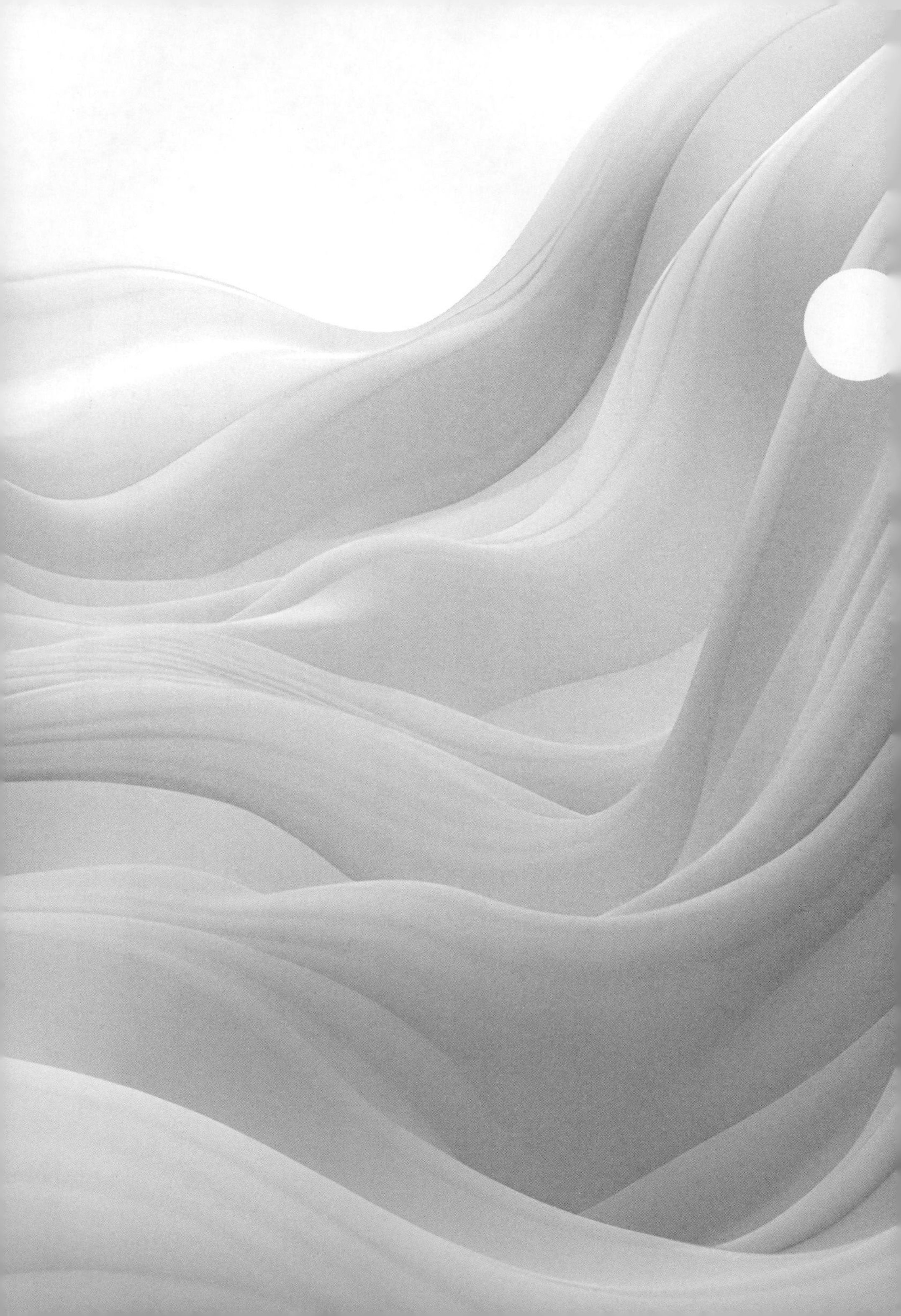

驛站

很多人以為芳療師的工作環境是香的，走到哪裡都香氛繚繞，其實不然。
此刻我正在吸氣，感受著惡性腫瘤傷口造成的人體腐敗氣味。

走進病房，兩位護理師正在為床上的伯母換藥，房內充滿腐肉和傷口分泌物的氣味，伯母白皙腫大的臉龐下方有著大片潰瘍。

「午安，來點薰燈。」我小聲打招呼，看護姐姐正躺在一旁熟睡，我猜大概是伯母昨晚又咳血，再次折騰了一夜。

伯母雙眼渙散，眼珠像隻飄忽的深色澤鷺水平滑過前方，晃過我所站的位置，瞬間又飛離。護理師拿著棉花棒輕輕清潔她頸部的傷口，另一位護理師將病床旁的水氧機交給我，我來得正是時候。

很多人常以為芳療師的工作環境是香的，走到哪裡都香氛繚繞，其實不然，我正在吸氣，感覺惡性腫瘤傷口造成人體腐敗的氣味，揣測著我的袋子裡有六種複方精油，哪一種氣味比較適合現在這個環境。

這或許是種偏執，擴香時要求自己必須先感受此地原有的氣味，再盡可能選擇能夠互相融合的植物精油，與原有的環境「共存」。我希望這裡的整體氛圍再溫柔一點、輕盈一些，最好從底層就有點包覆性，要像粉色柔軟的毛毯墊在底部，將整個環境溫柔包裹，輕托捧起——就點「驛站」吧。

於是水氧機吐出白色煙霧，我離開病房。

看護姐姐仍在熟睡，伯母的眼珠依然在飄忽，護理師們繼續為難以癒合、發出惡臭的傷口換上新的敷料。他們必定同時都聞到了另一股氣味，來自古巴香脂、乳香、沒藥、芳樟和玫瑰，我完成了今日的全院擴香工作。

離開醫院，偶爾我會感到身體裡多了一個深邃無盡的黑色洞穴，隱隱還聞得見腐敗、疾病和死亡的氣味。

有次在返鄉的火車上，隔壁座位的叔叔熱情地想找我聊天：「你是新竹人啊，怎麼會跑這麼遠？」

「工作呀。」

「什麼工作？」

「芳療，在醫院。」

「那是在做什麼？」

「長照和安寧照護，主要是用精油幫病人和老人家們按摩。」我簡短回答。

叔叔再次確認隔壁座位的年輕女生會進病房觸碰臨終病人，表情似乎嚇到了，他忽然沉下語氣，語重心長地告誡：「你的氣色有點差，要多去廟裡走走。」「好，謝謝關心，我先休息囉。」看著他畏懼的神情，我反倒鬆了口氣，滿足地戴上耳機，閉上眼睛。

吸進的氣味會如何影響人的氣色嗎？

我確實有點好奇，然而更令我好奇的是關於死亡與活著的問題：每個人都必定會死，卻怎麼還是日復一日活下去？

閒談時，人們通常不願聊到這樣的話題：既然我們都會死，那人為什麼要活著呢？或者，換個溫柔委婉的說法：如果我們所愛的對象、所持有的一切終將被剝奪殆盡，有什麼東西能讓生命變得有意義、令人感到值得活下去？

這似乎是個社交時不宜輕易談起的毀滅性問題，無論是問題的答案或是社交技巧我都還在學習，只是前者比較令我感興趣。耳機傳來張懸翻唱的〈路口〉，我再次按下重複播放：「也許有天我擁有滿天太陽／卻一樣在幽暗的夜裡醒來……」

透過芳療芬芳美好的療癒特性，我有幸獲得更多機會進入人們臨終的現場，展開生死學的學習，觀察人們自我破碎的時刻，會呈現怎麼樣的生命光景。

偶爾我也會好奇，越過死亡之後是什麼呢？

我們這期生命結束後，會去哪裡？

那些深愛我們、卻比我們更早離世的親友，真的會在哪裡等待我們嗎？

割開橄欖科植物的樹皮，植物流出樹脂，包覆自身的創傷。人們怕痛，身體和自我都不能切割碰撞，但人切割植物、採集樹脂，形容乳香是神的汗液，沒藥是聖母瑪利亞的寶血，在宗教儀式中焚燒，召喚神靈，也用來凝斂身心靈所承受的傷。

不久前，有另一位口腔癌的阿嬤，臉頰上也有著惡性蕈狀傷口。巨大的腫瘤鼓起，肉從嘴巴內部爛到外面，滲出口水，混雜血水腐敗的氣味。護理師換藥時，在敷料外層的紗布上多滴了一滴精油，裡頭包含乳香和沒藥、百里酚百里香，我看著植物成分，思考每種精油的藥性：促進傷口癒合、止痛、抗感染……

然而事實是，對於身體的康復，我們多半早已不抱太高期望。我們要做的是站在各自所學的專業立場，盡可能為病人和家屬帶來身心靈的舒適，讓處境變得堪忍。

於是，減輕異味成為在安寧病房使用精油較符合現實的目標。

透過香氣，創造更加潔淨、舒適的空間，在場的照顧者們也得以因香氣而身心舒坦一些。

在阿嬤身旁點薰燈時，看著她鼓脹的臉頰和傷口，我思索著，這麼大的腫瘤是怎麼長出來的？好好的人，怎麼會變成這樣呢？

瞬間，我聽見一個聲音貼近我的耳朵，詢問：「你要長長看嗎？」

「不要。」我默默在心裡回答，如常完成工作。

那天離開醫院後卻感到頭暈、沉重，一度懷疑自己是不是確診了新冠肺炎，直到做完芳療老師教的淨化方法，很驚喜地發現腦袋的沉重感好了大半，大概是不小心又把工作帶回家了。

然而把工作帶回家，似乎也不全然是那麼不舒服，或哀傷、需要抗拒，或必須去廟裡收驚的事情。

有次和小玫姐從病房回到芳療館，下午一直感到右大腿內側莫名疼痛，直到週五下班後才想起，我們連續兩天幫一位水腫的阿公按摩。

阿公罹患大腸癌，右下腹部有顆惡性腫瘤，紗布覆蓋了巨大的傷口。為了避免拉扯傷口造成腫瘤出血，施作按摩時我避開紗布覆蓋的位置，沒有幫他疏通右側鼠蹊的淋巴結，這代表當我們做引流時，我從腳趾一路推回去的體液有可能都堵塞在他的右大腿。所以即便當下我們看到阿公的小腿和腳掌都縮小許多，表面上水腫的情況獲得明顯改善，但事實上，我有可能轉而造成了阿公鼠蹊的脹痛。

這位阿公已經病到不能說話了，我大腿的疼痛，會不會是阿公以另一個方式在告訴我，他很痛？

那天下班才回想起這個疏忽，雖然無從查證，心裡仍舊深深自責。週六清晨，我進入了一個特別的夢境，在夢裡，我又回到阿公的病床旁，專心算著緩慢的拍子，雙手手掌交替往上、往外拉滑，「一、二、三……一、二、三……」我幫阿公疏通完右側鼠蹊淋巴結，又再做一次完整的按摩。結束時，我聽見他和另一位站在病床旁的長者對我說：「謝謝。」很清晰的「謝謝」。

我幾乎是被這聲謝謝喚醒，醒來後發現腿不痛了，也直覺感到那位長者大概已經把阿公帶走了。週一上班時，確定這位阿公在週末已經離開人間。往後，每當接觸過的人們又離世，或是我又懷疑自己的努力會不會全是枉然，便時常回想起這位阿公帶給我的夢。

即便這些人們已經被疾病折磨得不成人形、失去意識，但我們所付出的心意，還是會被接收到的吧？那些深愛我們卻必須先走的人，也一定會在那個世界等待我們，對嗎？

或許這就只是個生者惦記死者的夢境，但反正人都是活在自我和文化建構的夢裡，至少這個夢滋養了我，讓我願意相信。

今天是好天氣

「你們今天去東河幫老人家服務嗎？好偉大。」鄰居說。

我有些尷尬地逃走。畢竟那些長輩們非常可能不符合他對「偏鄉弱勢族群」的扁平想像……

今天是個好天氣，五位芳療師一起坐上公務車，腳邊大袋子裡裝滿香香的精油，我們要前往東河，為活力站的長輩們做按摩。

真真姐姐將車發動，沿著臺九線往北，單趟車程四十分鐘，東側是廣大的海，蔚藍的天上豔陽火熱高照，湛藍的海伴隨白色浪花在我們的右手邊閃閃發亮，佩君放起追風少女 FALI 的〈夏天浪花〉、〈海風〉，聽著三位少女用阿美族語唱出甜美的 anini[2]，我們的心也跟著融化，靈魂跟隨旋律在廣大的天地跳起舞來。

「你是不是很羨慕我部落住在東海岸？」我們一路看著藍天和閃亮的藍色海面，紛紛忍不住拿出手機錄下窗外廣闊的風景。我想起電影《崖上的波妞》，當波妞變成人類，在大海上奔跑的那一幕，整片魚群化成大浪，推著波妞不顧一切奔向她心愛的男孩。現在我們這群芳療師大概就是這個興奮的程度。

波妞有位非常巨大、有魔法的美麗媽媽，能夠讓坐輪椅的長輩們起身奔跑、恢復健康，我看了一眼車前的聖母像，聖母媽媽始終面對車內的我們，放下敞開的雙臂，還真的有些像波妞的媽媽。她一定也是位溫柔開明、有能力乘風破浪的女性吧，正帶領我們抵達長輩們的所在。

忽然前座的姐姐們興奮歡呼：「老鷹耶！妹！有老鷹！哇——好近！」原來是兩隻大冠鷲飛得好低，幾乎快拂過車頂，牠們最喜歡邊飛邊鳴叫了，我們也繼續聽著〈海風〉前進。

masadak to ko cidal
太陽出來了
fangcal ko romiad anini
今天是好天氣
misakero i matini kami oh oh oh
我們要一起跳舞
romadiw i matini kami oh oh oh
我們要一起唱歌

2 阿美族語，今天、現在之意。

東河活力站的長輩大都是阿美族人，活力站設在天主堂內，停車廣場有個巨大的聖母像，我們一下車，剛好就來到聖母媽媽的跟前。這裡擺放一大束臺灣野百合花，潔白且香。

長輩們正在上瑜伽課，由草莓老師帶大家一起做運動，一腳大腿坐在彈力球上，腳掌抵著彈力帶彎曲伸展，訓練肌力和關節靈活度。

我們搬出五張椅子，圍成一圈，讓長輩們輪流來按摩。第一位阿嬤身材圓滾滾，化了妝，氣色看起來極好，感覺頗能自理生活。阿嬤的肩膀非常僵硬、厚實，按摩時單側肩膀需要我同時放上兩隻手掌才能包覆。

「阿嬤，你平常在家都在做什麼呀？」我有些好奇。

「沒做什麼，就做運動！在這邊學的運動……就老人的生活，老人家活動很多喔！」

這時候阿嬤的手機忽然響了。「不要理他，可能有客人要預約。」

原來阿嬤自己開美髮店，「難怪你這麼漂亮！還會畫口紅，粉紅色的好漂亮！」還有棕色的眉毛，完整的眉型，眉峰突出一個像山的尖角，整個人看起來十分有精神。

「小孩沒有接店面，都在臺北，所以客人會跟我約，但是我白天都在這邊，晚上再回去幫他們剪。老人家的生活啊，很忙！家族會、喪禮！原住民都很忙！」阿嬤說只要部落有人往生，喪禮通常都要去一個禮拜。

「很多事情要幫忙喔？」

「對啊！幫忙煮飯、幫忙吃飯，還要幫忙聊天，很忙！」我想起先前好幾次，只要來到活力站，發現站上的老人家數量很少，那幾乎就表示部落有喪禮，大家都出席了。

在上課中的草莓老師帶大家玩起「大狗小狗幾隻狗」的遊戲，不斷傳來「汪汪汪」和歡笑聲，在這裡的日常就是這樣，有些喧雜，也隨時都有開懷的笑。我想起草莓老師的父親離世時，他們一家穿著黑色禮服，在火葬場與父親遺照合影的最後一個畫面裡，雖然每個人的雙眼都哭得紅腫，但一家仍然笑得好燦爛，連小孩子也笑咪咪地在下巴比七，這是個很帥的手勢。草莓老師寫下：「We are family，爸爸笑得好燦爛，我們要快樂手牽手走下去。」

告別式那天，草莓老師穿黑色晚洋裝、戴黑色蕾絲手套，頭上還有黑色的花飾，十分莊重美麗，像是換上黑衣的曼珠沙華，低調但難掩與生俱來的豔麗，在死之中，也包含魔幻的生命。眾多親友們相聚在一起——部落中每一位族人的離世，都向內增強了部落家族的凝聚力。

似乎最早就是草莓老師，讓我看見充滿集體生命動能的畢業典禮，才體認到面對死亡可以是這樣自然坦蕩的事。即便失去摯愛必然哀傷難捨，但部落就像集體共存的大家庭，年輕人總是會傳承長輩的愛和記憶，讓整個家族在這塊土地繼續存活下去。

佩君服務的阿嬤為了方便享受按摩，解開衣服，露出內衣和胸部，等待佩君按摩完肩膀和背部，幫阿嬤一起把衣服穿上，我才注意到這位阿嬤真的非常豐滿，大家開始笑說：「事業線！」她悠哉扣好鈕子，指著我按摩的阿嬤說：「肉好多！」大家又是一陣大笑。

我正牽著阿嬤的手臂塗上油按摩，手臂的肉確實很多，讓我多加了不少精油。她回答那位阿嬤：「賣給你啊！給你一斤！」像在說豬肉一樣。

在阿嬤們的世界裡，許多事物都可以坦蕩面對，就連衰老、肥肉也是，像是任何事都可以勇敢自在開玩笑。這種豁達歡快的文化氛圍，大概是專屬於東海岸的魅力吧！

「你按過就不痛了！」阿嬤轉頭，好開心地對我說。

和這位開美髮店的阿嬤告別，洗手時我哼唱起追風少女的〈夏天浪花〉：「四下無人我只想要坦蕩蕩的，解開束縛，在熱情的沙灘上，ha i yan ha i yo ho yan……」

忽然，我聽見另一位阿嬤在開黃腔，笑聲非常宏亮。她坐上由我負責的椅子，這位阿嬤身材也很厚實，我走到她身後，聽她自述腰部椎間盤突出，常引發坐骨神經痛，但一直沒去開刀。

「我很久之前就知道這邊有在上課了，但有人說我不是原住民，也不是天主教徒，不能來。」

「不需要是天主教徒或原住民，也可以來啊。」

就像天主教堂不會鎖門，這個活力站也對所有需要的長輩們開放。我打開精油，讓香氣沒有邊界地擴散。

「我後來問這邊的人才知道，我來運動兩年，瘦十公斤！」

「哇，十公斤！很多耶！」

「對啊，這樣對膝蓋比較好。我膝蓋不好。」人到一定的年紀，把胖瘦美醜的概念都拋棄後，許多長輩還是會追求瘦身，是因為膝蓋的疼痛太真實，必須減輕體重、增加肌肉量，才能確實減少關節的負擔，保有靈活健康的身體。

這位阿嬤會說臺語，當我按摩她的右手，她說雙手常常很痛、每天都會麻，因為年輕時做編織做了二十幾年，編了很多塑膠籃，直到引發腕隧道症候群。

「我知道不能做了！這手有去開刀，左手沒有。開刀還要休養，我靠自己運動。」

「你在家也常常運動嗎？」

「在家都在走路啊。」阿嬤笑了，讓我懷疑她真的有走路嗎？尤其想起她說膝蓋也常疼痛，幾乎全身都痛。

「我幫你的腳按摩，你等我一下喔，我去拿更適合的精油。」

阿嬤拉起褲子、脫下鞋襪，這時真真姐恰好走過來，手裡拿著我想要的放輕鬆按摩油，保養關節的配方。我接下姐姐手中的精油，像在交棒或擊掌，讚嘆我們簡直心領神會。

我蹲下身幫阿嬤的雙腳塗油。雖然阿嬤已經瘦了十公斤，但現在的體重對關節的負擔還是不輕，幸好摸到她健壯的小腿後我有放心一些：不錯，真的有在走路運動，肌肉量很足夠。

這天的芳療服務結束，跟長輩們告別，我們開車返回芳療館，抵達時恰好遇見一位鄰居對我們打招呼：「你們今天去東河幫老人家服務嗎？」

「對啊。」

「哇！好偉大。」他說。而我有些尷尬地逃走。

要怎麼跟這位鄰居說呢？我好想讓那位鄰居聽聽阿嬤如何坦率地說：「老人家很忙！原住民都很忙！」這些長輩們非常可能不符合他對「偏鄉弱勢族群」的扁平想像，他們有自己的文化尊嚴和力量，根基於土地，能團結凝聚成更大的家。

我喜歡在按摩結束後，阿嬤們給我們擁抱，或是笑著牽起我們的手，讓我感覺身為外地人，卻能被納進更加巨大的生命體系中。就是這樣一股樂天豁達的野性、彼此支持的堅強凝聚力，吸引並安撫了我。在山海之間，無論發生什麼，我們正一起踏實、篤定過生活。

接地氣

部落服務的過程中，我們遇過太多疏於照顧的腳。人們容易忽略腳，認為腳代表骯髒與低下。然而，腳是連結土地的根基，每個人能夠站立行走，都歸功於我們有腳，能踩在地上。

「來！塗精油，很香！拿去烤！」

一早，日照中心充滿護理師、照服員的吆喝聲。

護理師綸綸伸出她美麗的長腿，逗笑了阿公、阿嬤：「來！我們來煮高湯！鞋子先脫下來，腳洗一洗，等一下拿去燉！我水準備好了，一肢你的，一肢我的，我們一起燉，好不好？」

我們正在誘拐那些有灰指甲的長輩們來到後方教室集合，讓我們用香茅純露替他們擦腳、滴精油保養，暗中進行實驗觀察，想知道足部護理搭配芳療能產生什麼效果。最終目標是期望創造出一套日常保養方法，讓灰趾甲順利康復、不再復發，並且施作時沒有副作用，能像在塗香氛、無色的指甲油，愉快享受精油帶來的銀髮族健康生活。

但那些都是遙遠理想，許多高齡長輩連自己修剪趾甲都沒辦法，必須仰賴家人，或是護理師和照服員幫忙。

人們容易忽略腳，認為腳代表骯髒與低下，然而腳是連結土地的根基，每個人能夠站立行走，都歸功於我們有腳，能踩在地上。部落服務的過程中，我們遇過太多疏於照顧的腳，許多長輩不敢好好觀看自己的足部，不想看見缺陷的趾甲、脫皮的腳掌，有些長輩因為甲溝炎、腳底長雞眼，每個步伐都伴隨各種疼痛，因此更加不想行走，減少運動的意願。

比方在日照中心內，最年輕的白爸爸走路一跛一跛，每次踏步都猶豫許久，遲遲不敢伸出下一步。白爸爸才五十四歲，他說走路腳會痛，照服員幫他脫下鞋子，才發現原來白爸爸的左腳無名趾早已經變成一隻獨角獸，生出長長的角，趾甲和甲床都增生了，於是每邁出一個步伐，獨角獸的長角就會戳到鞋子，引發腳趾疼痛。

照服員請家屬讓白爸爸改穿拖鞋，隔天走路就立刻平穩了。我們每天為長輩擦腳，叮嚀家屬要帶去看醫生，很快地白爸爸就去診所切掉多餘的組織，讓獨角獸變回腳趾。我們擦上養護油，期待健康的趾甲有機會慢慢新生。

芳療常用的植物大都源自全球各地，如果翻開《芳香療法 × Mind-Maps》，德國的芳療大師 Monika Werner 會告訴你：對抗灰指甲可以使用百里酚百里香、玫瑰草和岩蘭草。而我們這次實驗由肯園團隊設計配方，溫佑君老師決定全部使用臺灣栽種的植物精油，有些甚至是臺灣原生植物，非常「接地氣」：檸檬香茅、爪哇香茅、黃荊、柳杉、茶樹、左手香、芳香萬壽菊，稀釋在荷荷巴油中。

溫老師似乎期望當我們把精油帶到日照中心內，這些失智的長輩們聞到熟悉的氣味，能喚醒更多豐富的感受。

照服員們為長輩擦腳，我負責滴上精油，照服員茹茹對阿嬤說：「利利，你的腳都是土，是打赤腳去田裡喔？」

「沒有，我都在家。」利利阿嬤回答，看著她的腳漸漸被擦乾淨，變成油亮保濕的模樣。

坐在利利旁邊的賴阿嬤才是「天天做田」的人，她屬牛、每天都想著要種田，她有一句口頭禪：「我們農家人要工作，不工作沒有飯吃啊。」

幾乎每個早晨，日照中心的接駁車停到賴阿嬤家門口，她便戴起做農的大帽子，很有主見地宣布：「我不要去醫院，我要去田裡啦！」

司機騙她：「我載你去田裡啊。」接著她就戴著大草帽來到日間照顧中心，像是要來採茶，不過他們家種的其實是釋迦。

茹茹對賴阿嬤說：「阿嬤，我要吃釋迦！大目釋迦，最甜的那個！不要鳳梨釋迦喔，太酸了！我要甜的！」

「好！」賴阿嬤慷慨答應。

我在趾甲與趾縫滴下精油，讚美她：「你的腳好香！很漂亮欸！」

只有老化讓皮膚變薄、多了一些老人斑，除此之外，原來天天做田的腳，皮膚可以這麼白嫩啊。

「做農的腳，要去田裡。」賴阿嬤害羞回答。

我其實很好奇，賴阿嬤上次真的進到田裡是什麼時候，每天問她，她總是說：

「昨天。我們做農的，天天都要工作，不工作沒有飯吃。」

「你都幾點去呀？」我好奇地問。

「五、六點。」

「你都一大早去，太辛苦！」茹茹希望賴阿嬤放輕鬆。

「就是要一大早去啊。」阿嬤是專業種田的老人家，知道早上的太陽比較小。

「你已經退休了！要顧身體，不要去田裡！」茹茹繼續大聲告訴阿嬤。

「有工作做很好啊。」

「在家裡休息！」

「在家裡無聊啊。有工作做，就要做啊。」

「是喔？我覺得在家裡躺比較好玩欸。」

「我也喜歡在家裡躺。」另一位照服員芳芳附和。

大概是因為我們年輕人有工作，才嚮往躺在家休息吧？長輩整天關在家，一定非常無聊。

我問賴阿嬤：「田裡有什麼好玩的嗎？」

「很好玩啊！拿鋤頭鋤草。」

「會有很多蟲吧？」

「沒有啦！很多草。」

「田裡很多老鼠！很好吃！」茹茹想起田裡有趣的寶藏。

「是傳說中的古拉豹嗎？」

卑南族的同事也曾說過烤老鼠（古拉豹）很好吃，而我還真的曾在朋友家的冷凍庫裡看過剝好皮的田鼠冰棒。

朋友將冰棒剁成塊後丟進鍋子裡煮湯，等待肉熟的過程，朋友出家門口砍了一把刺蔥，剝下葉子進廚房，一起燉湯。

我忽然發覺，比起盛裝各種植物精油、充滿芬芳的瓶瓶罐罐，這些能吃的食物反而更在地，真的好接地氣啊！

「對！田裡很多老鼠，很大隻，而且跑很快！」芳芳一邊為阿嬤擦腳，一邊驚嘆起在田裡看過的大老鼠，行動怎麼能這麼迅速。

「阿嬤，你要抓抓！腳趾要抓！」茹茹引導阿嬤做腳趾運動，老鼠小小的腳爪很強壯，阿嬤的腳也要靈活強壯才行。但阿嬤不吃老鼠，聽到老鼠很好吃，笑得有些難為情。

「我吃過青蛙！」大家繼續說起奇特的食物。

茹茹回應：「青蛙還好啦，不會奇怪！阿美族的長輩說小孩子不會走路，吃青蛙，明天就會跑！青蛙放一個晚上會尿尿，喝那個水，對骨頭很好，骨折都會好！

哈哈，阿美族的偏方！」

「我看過蛇肉，就在國小門口，一臺車掛好多條長長的。」

「怎麼會在國小門口？」我忽然心疼起那些蛇和小朋友。

「吃蛇皮膚會好，我們阿美族老人家都這樣講！吃蛇皮膚會變好，還有吃竹筍會長高，我小時候就一直吃竹筍，還是長這樣。」

「有啦，你的身高比我高欸。」我們幾位年輕的照顧者們討論特殊食物的過程，坐在高椅子上擦腳與等待擦腳的阿公阿嬤們圍在旁邊笑。

在熱烈的談話聲中，我發現利利阿嬤搬起右腳掌，放到左腳大腿上，她剝下腳皮，老花的瞇瞇眼仔細盯著腿上白白的皮屑，手指一沾，放進嘴裡吃掉。

她太專注了，以致我不知道該如何打斷她，所以走到茹茹身邊蹲下，感覺自己像在打小報告：「還好你幫利利擦得好乾淨，她在吃腳皮。」

「啊——不可以這樣！」茹茹驚慌大叫。

利利阿嬤被當場抓包，露出害羞的笑。

可能是精油聞起來像鹽酥雞香料，太可口誘人了吧？相較於空靈的芳香療法，這裡的灰指甲配方使用當地精油，在地的氣味能吸引在地長輩吃下腳皮，實在好接地氣啊！

不會忘記愛的感覺

張阿公的身體裡還藏著很多戰爭的記憶。

這一次，我更有意識地使用精油，希望羅馬洋甘菊可以深入進到阿公的身體裡，讓花草的香氣安撫這些依然鮮明的情緒。

「我好希望能聽懂你在說什麼喔。」照服員姐姐牽著張阿公的手耐心安撫。

我們在新開幕的樂智家園，失智的張阿公坐在輪椅上，口中念念有詞，情緒有些激動。

姐姐將阿公推到我面前來接受按摩，阿公持續說了好多話，但就是有個特別的腔調，以致我們都很難聽懂。

上一位長輩才剛離開，我剛洗完手，雖然不確定阿公是否能聽見，我還是先提醒他：「我的手很冰喔！」同時摸著阿公的手掌，讓他預先感知我的手很冰涼。但當我站到阿公身後，一碰到阿公的肌膚，他果然還是嚇得立刻聳高肩膀。

「啊！阿公被我冰到了！」

我雙手放在阿公的肩上，握持兩個呼吸，等待肩膀下沉。姐姐笑了出來，用溫柔的眼神看向阿公，繼續握著他的手，阿公依然叨念著聽不懂的話。但很可能因為感受到姐姐的耐心與溫柔，再加上精油的香氣，他很快就安靜下來，接受我為他塗上安神的按摩油。

照服員姐姐一直站在阿公身邊，對阿公的注視實在太認真，偶爾還伴隨點頭，引發我好奇地小聲問她：「你聽得懂張阿公在說什麼唷？」

「聽不懂啊！聽說好像是汕頭話。」姐姐對我露出很坦誠的笑容，而我也跟著笑了。

忽然我們聽見阿公說：「多少錢？」

「五百好不好？」姐姐立刻回應他。

「好。」阿公點頭表示同意。

「我等一下再叫護理師拿給她。」

原來他們在討論按摩一次多少錢，其實芳療師不會跟長輩們收費，照服員這樣安撫張阿公，原因是許多長輩常常覺得不好意思，所以我們需要編造各種說法，讓長輩們放心接受按摩。

「我第一次聽懂張阿公在說什麼耶！」我對照服員姐姐說。

「他來這邊之後比較會講話了。之前在日照中心人太多，比較沒有人能一直跟他互動。但來到這邊之後，有人聽他講話，他就比較願意說話，表達就變得比較清晰了。阿公之前在日照中心會被說脾氣火爆，但現在阿公在這邊，大家都說他是暖男。」

我想起很久之前在日照中心，有次按摩結束，張阿公的看護拿出捲成一條的紅色玩具鈔票給阿公，再讓阿公交給我。看護要我先收下，趁阿公不注意時再把玩具鈔票還給她。

還有一次，我拿起按摩油，阿公卻忽然對我揮手，我頓時不知所措，幸好有小玫姐在旁邊翻譯：「他說不要精油，因為他的看護不喜歡油油的。」張阿公大概真的是位不喜歡平白麻煩別人，也樂意慷慨付出的暖男吧，所以才會讓看護需要特別準備演戲用的假鈔，還很在乎看護的喜好。

照服員姐姐告訴我：「我在部落也會遇到很多長輩，我也會去跟他們聊天。我媽媽常常會跟我說：如果人表現出不好的狀況，不要只看到那個不好。他一定是有不舒服的地方，我們要多關懷理解他，去理解那些不舒服的理由，不要只看到表面。」

即便是跟我說話的同時，姐姐也一直握著阿公的左手，而我也牽起阿公的右手按摩。現在張阿公的兩隻手都有人握著，他閉起眼睛輕輕笑著，像個小孩子，感覺很安心的樣子。

我在猜想，如果張阿公真的外顯了「脾氣火爆」的模樣，會不會很可能其實是因為不想麻煩別人、說的話一直被忽略？久了就覺得說了也沒用，因為大家都聽不懂，只好選擇壓抑、忍耐自己的需求，直到忍無可忍、必須表達時，只能帶著情緒。而經歷這些，如果還無法被理解，阿公的心裡一定很不好受吧。

照服員姐姐繼續說：「可能因為他講的話大家真的都聽不懂，之前他就比較安靜，沒有什麼表達的機會。這樣他就會比較抑鬱，之前也比較沒有人會期待他可以站起來，他就一直靜靜的。但現在到這裡，阿公坐輪椅的時間也變短了，大家會跟他招手，叫他一起來運動或玩遊戲。」

張阿公的腳非常細瘦，沒什麼肌肉，所以我確實從來沒期待，甚至也從來沒去想像過，原來張阿公還有可能再次站起來，靠自己的雙腳行走。

聽照服員姐姐這樣說，我才反省到，當我為阿公按摩時，我有好好接觸眼前這個人的身體，以他是個充滿無限潛能的「人」的樣態來對待他嗎？

回想來臺東的第一年，我就已經在日照中心看過張阿公，幾乎每次按摩時他都安靜坐在輪椅上，現在五年多過去了，他從日照中心轉到今年新開幕的樂智家園。這裡是專門照顧中重度失智長者的地方，然而卻是到了這裡，我才終於第一次真的聽懂張阿公在說什麼。

剛開始到日照中心工作時，面對滿滿的長輩，我很容易不小心就陷到深深的無力感中，很懷疑自己做這些有什麼用。或許正是因為感覺自己心力不夠，才選擇面對每一位長輩，都只先做好基本程度的工作，但同時我也忽略了好多生命的可能性，錯過了一些原來可以更深入的交流互動。

「你好用心喔！」我對姐姐說，很感謝她提醒我：即便是失智、失能的長輩，還是可以對生命抱持希望，對未來懷有期待和想像。

「因為這邊現在人還比較少啊！以後如果負責的人數變多，我就不一定能有這麼多時間了。」她說。

確實，臺東還有非常多的家庭需要長照資源，如果未來每位照服員的平均案量增加，那麼真的很可能沒辦法每一位長輩都時時刻刻守護得這麼完善。

似乎是電話響了，照服員姐姐離開，留我繼續幫阿公按摩，他忽然指了桌上的水瓶，對我說：「拿一瓶給我。」

張阿公要喝水，當我轉達身旁的另一位照服員，立刻就有人為張阿公拿來他的專屬水杯。

先前我從來沒這麼清楚地聽懂過張阿公在說什麼，頻頻印證姐姐說的轉變：阿公的表達變清晰了，他相信自己說的話會被聽見，所以更樂意開口提出要求。

現在雙手都按摩完，要按摩頭了，看著阿公喝完水，手中還握著水杯，輕輕閉眼入睡，我內心莫名有些激動。

但這時，阿公卻突然驚醒，大聲哀號。

「啊！要死了啊！」

瞬間整個人抽跳起來，像被閃電擊中。我也嚇一跳，愣住，不知道阿公怎麼了，不是才剛剛入睡嗎？

「沒事沒事。」姐姐快步回來，一邊用緩慢的語速安撫阿公，一邊溫柔對我解釋：「阿公之前是軍人，有打過仗，所以常常會講很多戰爭的事情……」

「阿公只是失智，其實身體還是很壯，有時候甚至還會做出背槍的動作，很有氣勢地說：『走！殺光他們！』」姐姐鼓起胸膛，模仿戰士上戰場的樣子，語氣強硬，像是身後還跟著一大群兄弟。

原來張阿公的身體裡還藏著很多戰爭的記憶。這一次，我更有意識地使用精油，將按摩油塗在阿公的脖子和前胸，希望羅馬洋甘菊可以更深入進到阿公的身體裡，讓花草的香氣安撫這些依然鮮明的情緒。

我記得在樂智家園正式開始營運前，醫院院長曾經召集所有同仁們一起上課：「希望到時候長輩們進來，我們都不要覺得『這些人好奇怪喔』，也不要害怕他們，因為他們就是失智了。」

每一個人都有失智的可能，也包含每一個我們深愛的人。每一位失智長者，都有愛他們的家人，我們的存在，除了照顧這些長輩，也希望能減輕家屬們的負擔，因為只有當照顧者的責任與壓力被分擔，才能有空間讓「愛」重新被滋養回來。

院長叮嚀大家：「失智會讓人忘記很多事情，但人不會忘記愛的感覺。我們愛他，他還是會被觸動，還是感受得到。」語氣也好溫柔，和這位照服員姐姐很像。

身為渺小芳療師，我沒辦法時時守在這裡，但很高興這裡有用心的照服員姐姐，以及我能留下羅馬洋甘菊的香氣，可以把植物的氣息種進張阿公的身體。

羅馬洋甘菊在地面匍匐生長，無數的舌狀花與管狀花，聚集成一朵散發蘋果香的小花，香氣溫和，適合用於舒眠安神。在張阿公的身體裡，還住著無數位征戰中的兄弟，當香氣進入張阿公的記憶，我期望這群還遺留在戰場上背槍衝刺的士兵，每踏一步，都能聞見地面傳來的蘋果香氣。

我祈禱誘人的香息，能吸引祂們停下腳步，蹲下身，低頭看看這些微小脆弱、需要呵護的白色花朵，停下來，享受羅馬洋甘菊蘋果般溫潤的香。

把我的手交給你

即便身體不可能長存，我還是樂於學習芳療。
對於彌留中的爺爺來說，或許在另一個世界，他也會聞見花香與檀香，感受到面臨死亡，他不是一個人，在他左右還握有兩雙溫暖的手。

人的腳趾可以像樹枝，變成深褐色，乾乾的，彷彿一折就斷。眼前這位叔叔的樹枝已經被折斷了許多次，雙腳僅存四根膚色的腳趾，最頂端也被削去了。原來這叫壞疽，常見於糖尿病人的身體，因長期感染、血液循環不良，導致末梢組織壞死。

我跟著小玫姐進病房，和看護一起幫側躺的叔叔翻成正面，全身枯瘦的叔叔只是喘著氣，沒有說話。

我們稍早在病歷上看過，這位病人民國六十三年出生，罹患咽喉癌。小玫姐選好精油，帶我一起踏進病房門內，撲面而來的是整間房裡口水的氣味。我跟在小玫姐身後緩慢前進，依照她的動作把按摩油勻在掌心，但在模仿她的手勢輕觸病人之前，我還是將手掌先移到自己的鼻子前方，再多深吸一口氣。

身體受病，自尊破滅，躺在令旁人想逃離的氣味中昏睡，這是什麼感覺？他必定也曾經是個充滿活力的健康人，但此刻，怎麼看都不像比我爸還年輕十一歲。

小玫姐和我分別站在病床的左右兩邊，我們雙手各放上一側冰冷的小腿，這個動作是「握持」，以觸覺打招呼，告訴這個身體的主人：「我要觸碰你囉，在這個位置。」然後才是大面積撫滑，整個手掌柔軟包覆，緩慢輕推向上，讓按摩油輕輕塗上叔叔的腿。

我們注意到原先側躺的小腿交疊處有紅色印子，小玫姐叮嚀看護要多注意，不然再壓下去很容易變成褥瘡，下次側躺時可以用枕頭或被子隔開。接著小玫姐一個手掌推過，這個淺淺的紅色印子居然就消失了，我感到驚奇，就依照她的方法輕輕撫過叔叔的腿。

精油使病房多了一股植物奔放的氣味，我聞出其中有胡蘿蔔籽和波旁天竺葵，叔叔緊皺的眉頭稍微放鬆了一些，腿上的皮屑也脫落一些，身體持續在崩解。

自從花蓮發生震災，我去擔任芳療志工而遇見 Nicole 主任，她似乎很驚喜有個年輕學生在學芳療，而且上課地點就在她的芳療館。「我怎麼都沒遇過你呢？以後你提前一天來打工換宿好了，就住我們這裡，跟我們去部落。」

於是，從大四開始，我一個月會到臺東三天，其中六、日兩天上芳療理論課，再提前一天來「打工」，看看偏鄉醫院的芳療師們都在做些什麼。

這個週五抵達芳療館，放好行李和厚重的講義，Nicole 老師說：「今天我們沒有要去部落，還是你跟小玫姐姐去安寧病房？」語氣像是在詢問小孩子要不要去便利商店買可樂，還可以加個布丁喔。

「好哇！」如果連有二十多年芳療資歷、江湖傳說「很會看人」的 Nicole 主任都不怕我在病房裡闖禍，也不擔心瀕臨死亡的景象可能嚇到大學生，那麼我大概沒有不去的理由。所以，我們就遇到了那位放鬆眉頭的樹枝叔叔。

跟他道別後，小玫姐帶我到護理站後方的洗手槽，洗去手上的精油和皮屑，一碰到水，冰冷的觸感使我感覺自己的皮膚被沖刷掉一些，我對身體的觀念也在崩解。

將手擦乾，下一位。

大腸癌的伯母，腹水、四肢水腫、食欲不振。

一進病房，我們聽見比剛才更劇烈的呼吸聲，吸的每口氣都好像溺水者張大嘴求命，吐氣時整個魂魄又散得徒勞疲憊。當我看見病床上巨大的身影，肚子尤其球體得不可思議，「哇！」我忍不住驚呼，又立刻譴責自己實在太不敬，因為不小心聯想到在水裡泡太久的浮脹青蛙，全身都腫得過大。

幸好看護一看到小玫姐就友善地笑了，我也跟著微笑回應。她主動掀起被子，露出伯母腫脹的腳，每根腳趾都圓滾滾的，腳掌也好圓——基本上伯母的整個身體都由圓球組成，像是可以直接走進兒童繪本。小玫姐的手掌在伯母圓滾滾的肚子上緩慢畫圈，我也為伯母按摩了她的右手和右腳，驚訝地發覺原來人的身體可以像黏土，壓下去便深凹定型，必須經過一段時間才會緩慢彈回來一點。這是3+[3]的水腫，身體裡頭滯留的水分都快把皮膚撐破了吧。

小玫姐叮嚀，為水腫的人們按摩必須額外細心，好好呵護脆弱的肌膚；即便只有薄薄一層，但這就是整個身體對外極其重要的珍貴保護層，保護身體免於感染，

3 依水腫程度共分四級，3+為嚴重水腫，按壓後皮膚凹陷六毫米，約十到十二秒回復。

將人形塑成人的樣子。力道要小一點，動作必須非常輕柔，由遠端往心臟的方向緩慢引流。

於是，伯母的手腳經歷了縮小與放大的過程：按摩推動體液流動，手腳縮小三分之一，然而早已衰竭的身體機能照舊，導致過段時間手腳又腫脹回去，再次變得和先前差不多圓滾。不過四肢的觸感改變了，皮膚沒原先那麼高壓緊繃了。

藉由觸碰，我感受到是皮膚將人固定成人的形狀，在按摩的過程中，伯母整個人漸漸鬆軟下來，結束時身體變得柔軟，恢復了原有的一點彈性。有趣的是我觀察到當小玟姐和我牽起伯母的左右手，她喘氣的聲音隨著我們的撫觸慢慢變小、變慢，臉部表情也舒緩下來，似乎不用這麼努力掙扎，也能好好呼吸了。

我們和伯母、看護道別，一樣的模式：出病房，立刻洗手，將精油瓶罐都用酒精消毒過。小玟姐的腳步輕盈，像一隻翅膀在空中短暫停駐的三線蝶，洗手時水花閃爍，她輕盈起飛，換下一位。

這間病房裡的爺爺患有肺腺癌，身形極瘦，聲音卻十分宏亮，爽朗地宣布：「我年輕時抽菸抽很兇，簡直荒唐！」

按摩時他笑著和我們說了許多話，他的看護和兒子則默默坐在一旁，幾分鐘後，兒子要離開了，走出病房前，很有禮貌地對我和小玫姐親切道別，爺爺一語不發，靜靜看著他走。忽然我發覺，在我們進病房後，全程都沒有聽見兒子和爸爸說話，甚至兒子告別時連一眼都沒有回望，直直朝門口走去，兩人都沉默不語。

我看著爺爺目送兒子離開的神情，他專注盯著兒子踏出病房的背影，時間似乎變得好慢、好長，慢到像是這輩子他曾經投注過的所有努力，此刻全都可以緩慢重來。兒子還在往前走，而爺爺停留在這裡，兩人的中間彷彿有道隔閡，一堵灰色的牆。

道別確實很不容易，我跟著小玫姐在病房間走動，看著她穿梭得好輕盈，明白了這就是她不斷進出的日常。在許多的道別現場。

一位芳療師一天要服務多少病人呢？「還有兩位。」她說。

第五位病人，肺癌的爺爺，一位奶奶在身旁照顧他。大容量的牛奶罐被裁掉一半，拿來裝爺爺白白的痰，在按摩的過程中，他一邊和我們說話，一邊繼續吐出更多的痰。

按摩完水腫的腳，小玫姐用求婚般的語言對爺爺說：「把你的手交給我。」牽起爺爺的手，左手小指還戴著戒指，小玫姐問他：「戴很久了喔？」

「保平安的，不要想太多。」

爺爺的笑容似乎愈來愈靦腆，感覺很不好意思。

「很臭吼？我沒洗澡，手上都是癬。」

「不會啦，濟公都用這個救人啊。」小玫姐說完，他們三人都笑了，倒是我因為聽不懂而變得有些尷尬，小聲詢問小玫姐：「怎麼救？」

「可以吃啊，治病。」小玫姐大聲回答，看著我露出恍然大悟的表情，他們大笑成一片。

那天最後一位病人，也是一位臨終的爺爺，正在彌留中，全身水腫，張大口喘氣。我們為他塗上精油，裡頭有橙花、玫瑰和檀香，薄薄的肌膚變得亮晶晶的，整個身體閃閃發亮。牽起他的手按摩時，他也很大力握住我們的手，我從沒想過即將死亡、身體虛弱的病人竟然可以有這麼大的力量。

看著他的臉，這位爺爺正在經歷我還沒體驗過、也完全不理解的世界。這裡的每個人都是第一次體驗到死亡，如果握住一隻手是爺爺此刻的需求，那麼在可以的時間內，就讓他握著吧，我們就在他身旁多站一下。

這六位病人，是我第一次跟著臺東聖母醫院的芳療師進安寧病房所遇見的人們，那時我只是個見識淺薄的大學生，對這些人們的筆記幾乎只停留在疾病名稱、使用的精油，以及當時他們身體衰敗的狀態。然而令我印象深刻的，是隔天繼續上ＩＦＡ（英國國際芳療證照）的芳療理論課程，看著教科書上各種精油藥草的療效，忽然明白了我學習芳療，首要目標從來不是為了解決症狀。

回想起前一日所經歷的，有些處境，杜松漿果拿來消水腫就是無效。有些器官壞了就是永遠破敗了，不會再回來，肉體有太多不可回復的境地。但即便身體不可能長存，我還是樂於學習芳療，喜歡接觸散發各種香氣的藥草，因為當我們被拋置在這樣的處境，植物的香氣總是提醒我：只要還能呼吸，我們就還保有一些選擇，能夠更安穩地嘗試為彼此創造更加舒適的可能。

對那位圓滾滾的伯母來說，即便水腫沒有痊癒，但在按摩過後，至少減輕了身體腫脹造成的緊繃和疼痛，在生命末期可以享有更舒服的生活。而對於那位彌留中的爺爺來說，透過按摩與香氣，陪著他在睡夢中神遊，或許在另一個世界，他也會聞見花香與檀香，感受到面臨死亡，他不是一個人，在他左右還握有兩雙溫暖的手。

把我的手交給他，站在他身旁想像著，他所經歷的一生中，一定也曾遇過許許多多的人。我好奇爺爺在眠夢中，會不會想起哪些人也曾經這樣觸碰過他、曾經與他攜手，共同走過怎麼樣的旅程？

當花香與樹木香瀰漫，整理好記憶的行李，爺爺和許多人都已走完這一生。

天使草

在芳療工作現場，最困難的，常常不是該選擇使用什麼精油，而是面對眼前的人，我該怎麼衡量往哪個方向走，又能走得多深入。

「你可以幫我按摩嗎？」輪椅上一位短髮的年輕女生怯生生地問，像是有點害怕被拒絕。

「當然可以呀，不過要等一下喔。」

我手上還握著另一位大哥的手，這是脊髓損傷者協會的會員大會，辦在農曆年前，現場聚集了三十多位脊髓損傷的會員，大都癱瘓了，坐躺在輪椅上。他們的照顧者和醫護人員們也在現場，人群不斷行走與說話，場面有些紛雜。

我們幾位芳療師帶著精油，來為大家做芳香按摩，這位大哥可以精準說出他是C6受傷，頸椎第六節，工作時意外摔下階梯摔壞的。另一位癱瘓的大哥在接受按摩的過程中一直沉默不語，神情嚴肅凝重，直到我牽起他的手，看見他的右手內側刺著三個字，好像一位女性的名字。

我有些好奇地猜測：「是你的愛人嗎？」

「老婆。」

他忽然露出笑容，簡短回答，這時才好像有了一點生命力。

於是我一面滑壓他有些萎縮的屈腕肌群，一面放心調侃：「很──愛──她──喔──」

「當然啊，只有一個。」他又笑得更開了。

依循他眼裡的光芒，我好像可以直接看進他的心臟，那裡住著深深珍愛的人，而他大概也是一直被這位他所深愛的女性照顧著吧。

這個刺青很久了，他說，二、三十年前，當兵的時候就刺了，單純只是「因為無聊」。語言文字顯露不出什麼情感，不過現場看看，這位大哥布滿皺紋的笑容可真是靦腆呢。

我為他梳完頭，稍微握持一下肩膀，觀察兩個呼吸，確認他的身體多了一股香甜的氣息。我鬆手，輕輕離開。

終於輪到那位短髮女生，她目測是現場最年輕的癱瘓者，我勻開按摩油，塗上她的肩膀，她有些擔心地問：「你們在幫我們按摩的時候，會不舒服嗎？我們有病氣。」

「不會喔。」我回答，繼續把精油塗上她的背，盡可能觸及可深入的地方。

「我的中醫教我可以燒艾草，我都會請看護幫我點，幫我放在輪椅下，我再用意念引導。」

「用意念引導啊？」

「對，會感覺滿溫暖的，很舒服。不過不可以燒太多，會燥熱。」

完成肩膀和上背的簡易塗油與按摩，輪到手臂了，「外套要脫掉喔。」

她忽然大叫了看護的名字，請看護幫忙解開身上的安全束帶、脫下外套，我捲起她的袖子，拿起白皙的手，手指蜷曲，感覺有些冰涼。

她看著我按摩她的手，對我說：「麻麻的，沒什麼感覺。」似乎感受不到這些觸碰。

植物的香氣使人容易恍惚，大概是海馬迴受到氣味刺激，引發記憶造成時空失序的緣故吧。我握著她的手，卻在恍惚間看見嬰兒剛降生時白嫩肥胖的小手，下一秒，這隻小手又變成一隻布滿黃褐色斑點的、長長的手，只剩皮包骨，蒼老枯瘦。

按摩結束在梳頭，她似乎還想繼續說話，但後面還有下一個人在等待，我不能在這裡停留太久，於是告訴她：「你很特別。」

「什麼特別？」

「你說的話很特別。」

「新年快樂嗎？」她快哭出來了，可是時間真的不多，「感覺得到你的意念，很有力量。」

「我跟我的看護就是一種交換，她留在她的國家，可能比較沒有這麼高薪的工作，而我需要她來當我的手腳。我不希望生病後就什麼都不能做了……」

「你很有力量。」換到下一位。

在芳療工作現場，最困難的，常常不是該選擇使用什麼精油，而是面對眼前的人，我該怎麼衡量往哪個方向走，又能走得多深入呢？尤其在時間有限的情況下，當心靈交會，觸發情感渴望迸發出來，要如何拿捏一種表面張力，讓情緒即便很滿，卻維持恰當限度，不能真的滿溢出來？

芳療師的職責包含提供溫暖的支持和陪伴，同時卻也必須極度理性節制。有時我就這樣遊走在各種高張的情緒邊緣，提醒自己我們是工作者，不是對方的親友或家人，不可能長期陪在每位服務對象身邊。很多事情只能輕觸即止。

放不下的時候，安慰自己，我做不到的，或許植物可以。

所以就放心吧，繼續認識各種芳香植物，讓精油透過呼吸和肌膚進入人們的身體，以香氣來傳遞祝福。

不過我沒告訴她，那天幫她選的複方按摩油叫「自由流動」，裡面有安穩挺立的大樹——生長在北非的大西洋雪松、地中海沿岸的絲柏。在混亂的處境中，雪松與絲柏凝斂的氣味使人安穩回歸自身的中心，釋放多餘的恐懼，喚醒生命再次流動。

這些植物蘊含的意念，也已經默默進到她的身體裡，被她帶回去了。

那天下班，朋友開車帶我穿梭在知本沖積扇上許多條荒蕪小路。車燈照亮漆黑的路途，隱晦的路面長滿大黍，兩旁叢林露出球狀的白色小花、交疊集聚的棕褐色豆莢，是銀合歡長滿了整片叢林。地底必定還分泌著具有毒性的含羞草素，抑制其他植物的生長，銀合歡還正毫無保留地擴張。

車子再往前行，草叢更密、更高了，上方隱約露出狼狽的小狼尾，是象草凋零中的花序。原本就只有兩條輪胎痕的道路更加狹窄，我升高窗戶，聽見樹枝刮過車身的聲音，幻想車身化作一頭野獸，在黑暗的叢林中行走。

當風與枝葉拂過獸皮，或許可以刮下微小的寄生蟲吧？也或許會染上其他氣息？例如，外來植物強勁的生命力——銀合歡的原生地在中美洲，大黍和象草最初則生長在非洲，都因為人為引進，意外成為強勢的入侵種，替代了原生在這塊野地的植物，讓整片知本濕地幾乎被外來植物所占據。

我想起輪椅上那位年輕女生說的「病氣」，是不是也像某種外來的強勢植物，因各種意外或原因進入人體，遂開始毫無節制地擴張、侵占，直到癱瘓整個身軀？她說為了淨化，常燒艾草，用意念引導氣息流入身體。艾草的屬名 *Artemisia*，源自希臘神話中的月亮女神 Artemis。相傳月亮女神狩獵時總是箭不虛發，如同月光擅長在黑暗中凝聚澄明的心智，以精準的行動奪得目標、實踐力量，於是

Artemis成為獵人的守護神。

葉子滲入車窗，打亂了這些聯想，在一片漆黑濃密的草叢裡，前方的草變得低矮，是紫花藿香薊在搖曳。我們出了叢林，來到海灘上，天空盈滿星光，東北季風強勁地吹，夾帶海沙飛往陸地的方向。風在溪口堆滿了沙，以致知本溪成為一條沒有出口的溪，看起來像個遭斷頭的河道。

遠方傳來海浪聲不斷覆滅又升起，風颯颯地吹，群沙揚起後又再次墜入沙地，整片沙灘彷彿都在窸窣低語。

在這樣無燈寧靜的野地，朋友對我說過一個令他印象深刻的經歷：有次他和夥伴一起帶領學生做夜間生態觀察，夥伴忽然要求大家停下腳步、關掉手電筒，讓眾人安靜坐在漆黑的林道中。他放慢語速，以輕柔的嗓音，邀請大家仔細傾聽環境裡的各種聲音，像是透過聽覺，和環境融為一體……突然，一道強光爆裂，大家都嚇了一跳，原來是夥伴刻意無預警地打開夜間調查用的強力手電筒。

面對眾人的驚嚇和錯愕，他說：「如果我們只是短暫坐在這裡，看到一支手電筒的光就這麼害怕，那何況是長期生活在這裡的動物呢？當牠們看到這麼多突如其來的光、聽到這麼多吵雜的聲音，是什麼感覺呢？」

習慣生活在黑暗中的生命，會本能地懼怕突如其來的強烈光芒，那麼習慣和太陽相處的人，要怎麼接近那些由月亮女神守護的族群呢？正向的光芒、健康的意圖，會不會反而淪為暴力的延伸？

當我再次遇到那位年輕女生，又過了一年，一樣是脊髓損傷者協會的會員大會。遠遠地我們對上眼神，我便向她揮手，「還有在燒艾草嗎？我還記得去年你說的話喔。」

「有啊……我忘了去年跟你說什麼了。」她笑得有些靦腆。「最近常常睡不好，在練習地板滾球，要臺北臺東兩地跑。」

在她說話的同時，我挑選了按摩油「水月」，裡頭有歐白芷根，又稱大天使根、西洋當歸，有股特殊的氣味。

我雙手勻開按摩油，放到她面前。

「三個深呼吸。」

她露出享受的表情，似乎還滿喜歡水月的氣息。

大會主持人介紹這位女生是地板滾球的優秀選手，將麥克風遞給她，邀請她上臺分享練習地板滾球的過程。同時，一位大哥又被推到我面前，他開始傾訴脊椎受傷就像房子的柱子倒了，整個身體都會垮掉，他的年紀已經大了，但這女孩還沒結婚，還這麼年輕啊，媽媽會很擔心……

我有些不知道該怎麼回應眼前的景況。意外時常發生得這麼自然而然，像是月亮的陰晴圓缺，外來的強勢植物早已將大片野地覆蓋，身為渺小的芳療師，我好像只能在短暫的相遇中，盡可能提供支持和陪伴。站到對方身旁，就像進入野地，不打擾、不強行照亮，不去強迫痛苦的部分趕快好起來，也不企圖去抹滅陰影的存在。

似乎，我還需要學著不帶防衛地感知現實、如實接受不圓滿，才可能在身體之內，創造出一個更中立、更涵融的開闊空間，去允許愛與痛苦同時存在，才能更安穩地站到服務對象的身旁，再一起看看可以怎麼辦吧。

大哥與她都繼續說話，她的看護站在她身後，我曾看過這位看護溫柔撫摸她的頭髮、為她整理衣容，傾注的目光像是願意永遠守護在她身旁。或許，她們早已成為彼此的天使？

忽然間，我好像聞見現場的每位會員、每位照顧者，身上都飄散出歐白芷根的氣息，那是強韌的意念——想要好好守護珍愛之人的堅定意念。脊髓損傷的人們接收到照顧者的疼惜，也以同樣的珍視來回應關愛他們的人，疾病讓人們更加懂得付出關愛、互相珍惜。

傳說十五世紀歐洲黑死病盛行的時刻，有位天使託夢給一位修士，在夢裡傳授製作歐白芷藥水的方法，成功保護許多人們免於傳染病的威脅、加速病情的復原，於是歐白芷的屬名便以希臘文的「大天使」（Arkhangelos）命名。

每株歐白芷，都被相信是降生土地的天使。

天使化作野草，守護珍愛之人的意念扎根向下，埋在地底，吸收土壤的滋養，留存天然的芬芳。此刻，精油的香氣瀰漫在空中，透過撫觸進入人們的身體，仔細聆聽——意識穿透現場每個嘈雜的聲音，觸覺探及更底部。專注感受彼此的呼吸，並且再次穿透，要讓觸覺更深入肌理，跟隨血管與心跳的節律。直到覺察到植物的氣息在血液中流動，每個呼吸、每個脈搏，都含納了關乎生命本身的祝福、滋養於大地守護的根基。

看護再次帶著她來到我身旁，在按摩的過程中，她繼續說話，眼裡露出光芒，像是月亮女神將目光瞄準狩獵的對象：「地板滾球是個競技型的運動，很注重策略和技巧，非常需要靠頭腦……」

我默默地聽，心想去年就跟你說過了吧，你很特別。不是因為會說新年快樂，而是懂得凝聚意念，讓靈魂變得很有力量。

但這些話我都沒告訴她，就只是透過身體的覺知和觸碰，靜靜完成了按摩。結束時，她在香氣中醒來，詢問：「我可以介紹我媽媽去找你們嗎？感覺她也很需要放鬆。」

「當然可以呀。」我笑著回答。

是時候滋養自己了

按摩過程我們幾乎沒有交談，就只是很平實地觸碰，力道非常輕盈。但在道別前，我們彼此泛出淚光，我猜測或許是她真的獨自撐了太久，有個人讓她體驗到：「我會幫你看著，你放心睡一下吧。」

一位短髮俐落的阿姨來到我面前，高聳肩膀東張西望，像是警戒中的狐獴還在觀察周遭環境，看來是個不容易放鬆的人啊。我邀請她坐下，閉眼聞香，手掌沾上西洋蓍草精油，在她身旁畫出泡泡，設下安穩無形的結界，再將雙手放上她的肩膀。

幾個深呼吸後，彼此沉靜下來。

我小聲詢問她：「你都自己照顧自己嗎？」

「對啊……我已經退休了，沒有結婚，任何事情都要靠自己啊……」

她的聲音變得柔軟，戒心已經鬆懈下來。

我牽起她白皙的手臂揉捏，力量來自站穩弓箭步的腳跟、轉移重心時身體的前後輕晃。在柔和、向心的波動中，她閉起的雙眼又更放鬆了一些，身體跟隨韻律舒緩搖晃，彷彿浸入水中漂浮，四周的空氣泛起漣漪。

按摩過程我們幾乎沒有交談，就只是很平實地觸碰，力道非常輕盈。但在道別前，我們卻彼此泛出淚光，我猜測或許是因為她真的獨自撐了太久，有個人讓她體驗到：「我會幫你看著，你放心睡一下吧。」

當她離去，持續鳴叫的烏頭翁也飛到旁邊另一棵大葉欖仁上，我們施作按摩的地點在聖賀德佳香藥草花園旁。這天是乳癌病友協會的會員大會，現場人群往返穿梭，幾位匆忙的病友，聞到香氣後都顯得溫柔，果然再強硬的人，也有柔弱的時候。

曾聽我們的芳療老師說過，她第一次體認到「給愛的人也需要被愛」，起因於一位修女被診斷出乳癌第四期。這位修女長得十分高大、聲音宏亮，長年在偏鄉投入社福工作，給人戰神般的形象。剛得到診斷時，老師問修女能不能為她做芳療，修女卻回答：「我們應該把資源優先用在病人、窮人身上。」

老師在想，許多修女、助人工作者們永遠把他人的需要放在自己之前，自己卻時常疏於被照顧，是不是一旦背上包袱、披上角色，承接他人的依賴與信任，就必須始終堅強？如此的施與受不平衡，可以維繫到什麼時候呢？

修女的身體漸漸變得脆弱，最終虛弱萎靡在床，這時她才吐露，其實她一直覺得胸前有個空洞，怎麼樣都補不起來的大洞。她終於同意讓老師為她按摩，同意讓一雙厚實的手，來安撫她過度承載的肩膀、作痛的胸口，梳理她總是包在頭巾下的短短頭髮。

最後，老師留下一瓶按摩油，裡頭有依蘭、芳香白珠和大馬士革玫瑰。這是能減輕疼痛的甜蜜氣味，留給其他修女們繼續為這位修女按摩，直到她返回天家。

同一年，也有另一位修女罹患乳癌，也由修女們為她做芳療，這位修女臨終時對身旁所有修女說：「你們都要去學芳療。」

終生背著聖潔、慈愛的形象，一生奉獻於服務的修女，離世前，一定被植物的氣息以及誰的手溫真實觸動了吧。

病友協會的芳療體驗活動結束，洗手時我看見花園前方的草地上有六隻小羊，每隻羊都在低頭吃草，提醒我是時候滋養自己了。

我露出欣喜的笑容，走下草地，蹲下身觀察。兩隻羊正在搶食乾裼的大葉欖仁落葉，我順手撿起另一片枯葉，戳向其中一隻，牠立刻轉身啃咬，發出喀啦喀啦的清脆聲響。

月桂、佛手柑與廣藿香的氣息若隱若現，是剛剛給那位阿姨的按摩油「藍天」，現在還殘留在我身上。曾經也有位年齡和我相仿的女生，帶著身材高大的媽媽來到芳療館，我也是給她媽媽這個配方。

在療程室內，那位母親背對我脫下上衣，袒露左側上背一道手術後的疤，她壓低聲音說：「我有癌症。」是乳癌，赤身裸體，毫無遮掩地呈現在我面前。

我安靜選了這支按摩油，輕輕撫過完好的肌膚，撫過手術刀曾經劃下的痕跡、微微腫脹的手臂……療程結束後，那位母親緩慢甦醒，眼皮開闔了幾次才睜開眼睛，再過一小段時間才回神。

她起身穿上衣服，走出療程室與她的女兒互相攙扶。兩人肩膀倚靠肩膀，手臂緊緊相繫，道路變得綿長悠遠，時間彷彿在此凝結。我看著她們的動作輕盈柔軟，像兩根互相依靠的白色羽毛，輕輕飄出芳療館。

小羊的味道蓋過藍天的香氣，也蓋過藍天的回憶，我正和小羊互相依靠。小羊吃完樹葉，把頭靠上我的手掌，我一手接住牠的頭，另一手拍下牠身上的塵土，摸摸牠的身體，牠竟像熟睡了一樣。手掌傳來牠的體溫、咀嚼時肌肉的縮動，我拿起一旁的刷子，把牠梳到整個身體都發亮，我們望向彼此的眼神充滿溫柔的光芒。

就是這樣單純的注目，才彷彿能洞悉本質、穿透一切存在，像是有次醫院的修女好開心地告訴我：「柚子發芽了！」她吃完柚子，隨手把種子插在盆栽裡，柚子就發芽了！晚餐時修女抱著心愛的盆栽，一路從聖堂跑到餐廳，一見到我就興奮大喊我的名字。

我看見已經八十歲的修女雙手捧著盆栽，快步朝我前來。盆栽裡頭茂密的葉子每片都綠油油的，「好綠啊！」綠到發光，修女的眼睛和每株蘊含香氣的小柚苗都在發光，流轉大地孕育新生的蓬勃力量。

長濱一路歌唱

到文健站按摩，只能給每位長輩一人十五分鐘。

就這十五分鐘，我想給他們最大的喘息，創造一個可以安心休息的時空。

「掌聲歡迎！現在登場的是：男方的，舅舅！」這裡的「男」發音讀作「ㄋㄢˇ」，阿美族口音。

車內的喇叭傳出劉文正〈為青春歡唱〉，兩位芳療師同事阿媛和佩君張開手臂，大聲跟著唱：「張開我的雙手／飛到你身旁／有你來／陪伴著我／歡笑那麼多／我們同歡唱……」

一首接一首，她們爆發哈哈哈哈的笑聲，我坐在後座搖搖晃晃，只覺得我好想睡覺。

佩君笑得特別開朗：「我姊都問我，為什麼你會這麼多那個年代的歌，照理說以我的年紀應該是不會的。我跟她說，因為我參加的喜宴比你多。」原住民的喜宴就是愛唱歌。

從臺東市區前往長濱的路實在太長，單趟車程將近兩個多小時，我們早上七點就集合出發，一路聽了好多我從沒聽過的歌。

這七天，我們要跑完十一個在長濱的原住民文化健康站，都是阿美族的部落，我們受邀去幫長輩們做芳香按摩。「文健站」是部落老人家們白天會去上課、接受日間照護的地方，照服員時常是當地的年輕人，從外縣市回到自己的家鄉，以照顧長輩為職業。

密集天數，面對滿滿等待按摩的長輩與照服員們，一定要格外珍惜自己的身體，尤其手指。施力要精準、輕盈，仰賴整個身體的反覆練習，在這裡工作五年，我已經大致掌握按摩時如何使用身體的重量，例如按摩肩膀，可以把重心交給手肘，如果高度剛好，就踮起腳尖，重心往前，重量交由手肘往下放，同時手會得到一個往上飛升的力量。

只要守好這個「用身體重量施力」的準則，做按摩就能優雅得像隻跳舞的蝴蝶，當過完一天又一天緊湊的個案轟炸之後，就有機會能維持身心輕盈，還可以保留多餘的體力四處遊玩。

這幾天，所到之處充滿好多人的聲音，任何話語訊息都可以成為生動的玩笑，例如當我們在膽曼自我介紹：「我們是聖母醫院的芳療師。」

「喔？什麼醫院！」一位阿美族的阿嬤回答。

「什麼醫院？」

「對啊，『神、摩』醫院！」阿嬤說起了往事：「以前我妹妹要生孩子，長濱沒有醫院，叫計程車送去聖母醫院，我媽媽跟司機講『神、摩』醫院，司機問什麼醫院？『神、摩醫院。』到底是什麼醫院？就是『神、摩』醫院！」這是標準的阿美族口音。

長輩們繼續使用族語交談，我聽不懂內容，再次體認到原來臺灣還有人們使用這樣神祕的語言，音調像海水，聲音此起彼落，如巨大的海浪翻覆，空氣都變成潮水。

下一站，我們抵達八桑安，長輩們還在陸續前往文健站的路上。等待大家聚集的過程，一位阿嬤用族語對我說了一串話，可能是太想睡覺的關係，我只感到聽起來像風吹過草地，草在搖曳。

「嗨！」在我放空的時刻，站在我身後的阿媛有禮貌地搶先幫我回答，「嗨」是「好」的意思。

「阿嬤說什麼？」我轉身問阿媛。

「她說那裡有椅子，坐！」

「我都聽不懂。」但我會講阿美語的謝謝：「Aray！」

一位不斷走動的照服員穿著正黑色衣服，臉上有妝，馬尾乾淨俐落，在一群老年人中，都會年輕女子的妝容顯得特別亮眼。幫她按摩時，我才得知她果然是曾到板橋工作幾年的北漂青年，因為媽媽走了，才一個人回來家鄉，想好好陪伴爸爸。

她的身體散發香氣，告訴我們：「阿美族的長輩很喜歡邀請別人去他們家作客，然後就會開始牽線。」她離去後，下一位散發檳榔氣味的阿嬤立刻發出邀請：「我們家在機車行。」

再下一位阿嬤，她也好高興能接受按摩，一邊說好舒服，一邊問我幾歲：「來當我媳婦！我兒子三十八歲，在臺北，單身，念到碩士喔！」像在兜售某種農產品，文健站充滿熱鬧的氛圍。

隔天，當我們抵達烏石鼻文健站，就發現這裡的「鑰匙」很特別，以白色繩子掛在門把上，成對、特別巨大，原來是兩個啤酒開瓶器。

我們六位芳療師的椅子圍成半個圓，阿嬤指著正對面等待按摩的阿公說：「你看！他一直在抓，很癢！他都不洗澡。」

「不是被蚊子咬嗎？」我好奇地回答，這邊的蚊子一定很餓吧。

「不是，是沒有洗澡。他們三個天天一起喝酒，唱歌跳舞，早上就喝酒醉。」旁邊的阿嬤也笑了，跟著附和：「天天都在過年！」

「你做慢一點，多按一下，不然等一下做到他。」

阿嬤很自發地拉起自己的褲子，露出腫痛的膝蓋，讓我為她塗上精油，同時另一位同事剛洗完手，回到場中，開始幫「天天都在過年」的阿公按摩。音樂十分熱鬧，連文健站的吉娃娃都興奮地唱起歌，在文健站服務的修女舉高雙手搖擺、雙腳踏步，跟隨音樂歡快起舞。

就這樣，在各種聲音、舞步、混雜的氣味中，當我們抵達長光，有記者團隊來採訪，負責當發言代表的同事回答完記者的提問，又回來問我們：「你們有遇到什麼特別的事情嗎？」

「沒有耶，都在按摩啊。」

「我也回記者好像沒有耶。」

是呀，這幾天的氣氛大致就是這樣——四處充滿人群，我們忙著做按摩。

但我不好意思說，其實我還是有記得「天天都在過年」的故事，或是在竹湖，阿媛放原住民音樂當背景，一位剛按摩完的阿嬤就跳起舞，嘴開開地笑，露出裡頭被檳榔染成暗紅色的牙齒。我記得這個牙齒、鮮紅的嘴唇，也記得最初這位阿嬤的眼神黯淡無光，乍似剛睡醒。按摩時她說她的手腳常常好痛，「頭也好痛，全身都痛，晚上都睡不著。」但按摩結束，一聽到熟悉的音樂，她卻立刻換上活力充沛的身體，笑出檳榔色的牙齒，跟隨音樂舞動。

當然，我知道這絕對不是仰賴按摩本身的功效，一定有綜合的環境因素來喚醒、激發她的活力，比如說，專屬原住民族的文化氛圍與身體記憶。

還有一位八十幾歲獨居的阿公，沒有結婚、沒有小孩，當我握住他的手，他帶點苦笑，又有些調皮地說：「老了，沒什麼好皮條的了。」

我把精油塗上他的手臂，回答：「還是很帥啦！很多健康的肌肉啊，有在運動喔！」

「在種田，有一個社會處的女生會來看我，一個月來一次。」

而我只能給他十五到二十分鐘。雖然他使用「皮條」這個詞，但比起性慾蓬勃的男性，他更像個等待母親來摸頭的小男孩，看到一群芳療師出現，眼裡的喜悅和期盼都亮了起來。

除此之外，因為人數真的太多，高峰時刻，一位芳療師一天要負責十幾位老人家，多數時候，我們就是很單純地在快速選精油、專注做按摩，與眼前的人進行非語言的互動。

我發現，我們已經服務了一百多個人次，但能說出的故事極少。或許我們還依稀記得幾位老人家的身體，記得鬆弛的肌膚、斷掉的手指、變形的關節，也記得缺漏的牙齒，但我不知道這些人們的故事，他們平常是怎麼生活的呢？記者的提問讓我決定來觀察他們的生活環境，更仔細聽一下這些長輩們會說些什麼。

於是接下來幾天，我聽到一個白頭偕老，和另一個子嗣綿延的故事，都發生在真柄文健站。

在真柄的這天，戶外下著綿綿陰雨，天氣有些寒涼，這似乎影響了長輩們出門的意願。

我們幾位芳療師太早抵達，在寬敞的文健站內閒逛，發現每張折疊椅上都有長輩自製的椅套，使用黑色的布當底，上方以色彩繽紛的十字繡繡著羅馬拼音的名字，還有各種造型的花做裝飾，是他們親手繡給自己的專屬椅套。

老師以族語在整個部落廣播芳療師到了，請大家來做按摩，長輩們陸續抵達，坐到繡有自己名字的椅子上。幾位阿嬤熟練地拿出色紙摺成花、以白膠黏成一球，變成小巧可愛的繡球花吊飾，四處充滿手工藝品，編織的帽子、籃子、提袋與掛網，連辦公桌上方都掛著整排手工精細的紙風鈴花，各種色彩隨風飄逸。

我忍不住讚嘆這裡好有藝術氣息，戴著鴨舌帽的阿嬤抬起下巴，笑得好光榮帥氣。她的帽子上寫著「COKEREN ITA CI KACAW　挺稻底」，COKEREN是支持，KACAW是常見的阿美族名，這段族語意思大概是「支持我們的孩子」，散發一股踏實的文化尊嚴，源自屹立不搖的土地、人們攜手共同創建的家園。

幾分鐘過去，寬敞的文健站坐滿了人，我們又開始彷彿不會間斷的坐姿按摩。一位阿嬤來到我前方，灰白的短髮蓬鬆，一坐下就說：「好累！肩膀硬！手痛！」

我拿起舒緩痠痛的按摩油。

「阿嬤，你幾歲呀？」

「三月就滿八十歲了，我十七歲跟我老公結婚，現在天天照顧老公，很累！」

原來她民國三十二年生的，老公四年前開刀，沒辦法走路。「都你自己照顧他嗎？」

「對，天天要幫他洗澡、挖大便，打掃家裡、煮飯，所有事情都一個人做，還好現在可以申請居服員幫忙。」阿嬤的手臂皮膚鬆弛，肌肉量已經流失，但上臂三角肌卻感覺糾成一團，她大概也常常需要幫老公翻身吧？

「還好有居服員。」我附和著，心裡想，已經太多位了。我們遇到好多八十幾歲的老人家，早已不良於行，卻還要撐著身體，照顧另一位同樣年長的伴侶。原來這就是「白頭偕老」的真實意涵呀——看著一位曾經強壯的伴侶緩慢衰老、日漸憔悴失能，身為重視尊嚴的男性長輩，現在卻連大小便都必須仰賴他人，心裡一定很難受、很挫敗吧。

她說有好幾次她在忙，老公自己下床走路卻跌倒，摔得更嚴重，讓大家壓力都很大。「像我現在出門，還在想我老公一個人在家，腦袋停不下來！」

按摩就只有這十五分鐘，就這十五分鐘，我想給阿嬤最大的喘息，為她創造一個可以安心休息的時空。

阿嬤左側膝蓋有條長長的疤延伸到大腿上方，她說她出過兩次車禍，這條疤是七十四年那次，有動刀，「身體都壞掉。」

我在她的大腿塗上按摩油，手掌交替輕輕撫過。

阿嬤閉起眼睛，我拿起梳子為她梳頭。我們好像進入了一個時空靜止的膠囊裡，一個充滿香氛的泡泡將我們包圍，區隔了周遭的人群，外界的聲音全都遠離，只剩下安靜的身體，規律地呼吸，吐納在膠囊內緩慢流動的空氣。

「按摩結束囉。」我站到阿嬤側邊，壓低身體以便和她平視，一手放上她的肩膀，輕輕叫醒她。

她睜開陷入睡眠的雙眼，再次呼了口氣，才以舒緩的語調說：「謝謝你們跑那麼遠過來。」

而我希望這個香氣泡泡可以包著她更久一些，再久一些。希望她一閉上眼，身體就能記起這個安穩的感覺。

她從腦袋停不下來、充滿擔憂，到安靜入睡，這樣的轉變只發生在二十分鐘之內，這個轉化很溫情吧？但「二十分鐘」讓我想到的卻是：我必須趕快洗手、快速歸位，因為還有下一位。

芳療工作的步調就是這樣快慢穿梭交疊：短時間內進入一個人身體的內在空間，整頓呼吸，接著芳療師就要出離、立刻分別，快速清空自己，再換下一位。

下一位，是突破「養兒防老」觀念的故事。

這位抱著小男孩的阿嬤，是照服員的媽媽，今年七十歲，右側髖骨退化，四年前動完手術持續復健才能走路。她說起女兒的兒子——也就是她的孫子——到臺北做工，二十七歲從鷹架上摔傷，不得不回家休養。據阿嬤所說，這位孫子似乎曾經插管、氣切，也持續復健了四年，很幸運地，現在日常已可以自理，剩語言能力還沒恢復。

阿嬤與她的女兒一同照顧她的孫子，以及孫子的兒子，女兒待在家鄉擔任照服員，在日常中照顧她的媽媽、兒子、孫子，與整個文健站的長輩們。

小男孩笑著黏在阿嬤身上，喔不，是他的阿祖。小孩子整個人在阿祖腿上融化，眼睛閃亮亮地盯著她，笑得像顆棉花糖，「阿祖在按摩。」照服員一把抓起他，小男孩發出了哭聲，但很快又睡在年輕的照服員阿嬤身上。

我看著阿嬤的曾孫，他沒有媽媽，這麼香甜地趴在照服員姐姐的肩膀，他有愛他的阿祖和阿嬤，睡得像顆軟綿綿的棉花糖。爸爸還不會說話，養兒真的能防老嗎？可能無法，但我看見了血脈，讓人們互相依存和仰賴。

我洗手，從這個場景中離開。

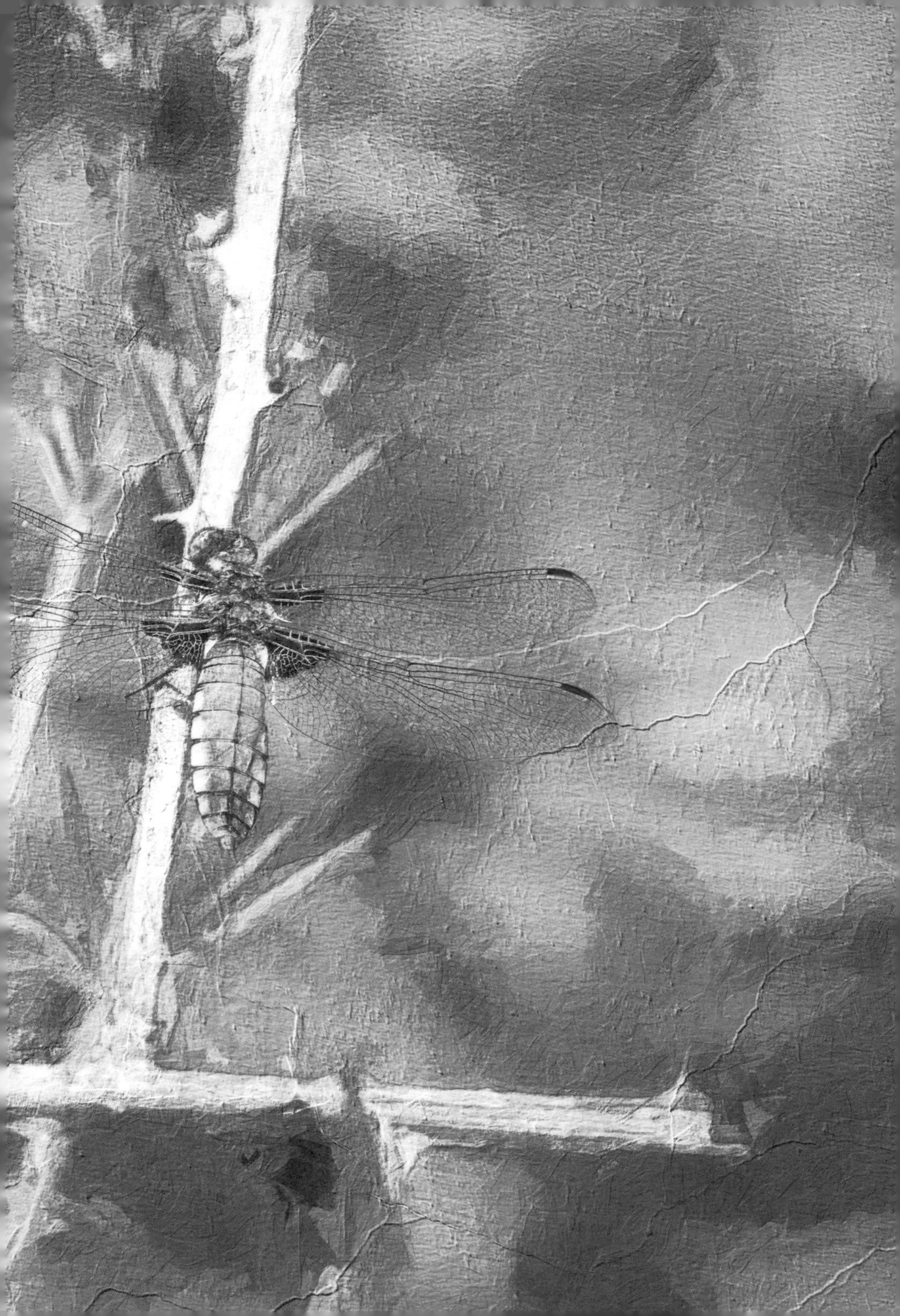

思念的野薑花

野薑花的靈魂也在用香氣唱歌。

晶瑩剔透的白色花朵綻放，氣味蓋過我們手上的精油，伴隨照服員的歌聲滲透進我的身體。

長濱芳香按摩巡迴的最後一站是南溪，在山裡的阿美族部落，文健站位於偏遠的臨時避難收容中心。姐姐們開車上山時，一路對我喊：「啊，妹！你沒有帶望遠鏡！」

「好可惜！我要再來！」我最喜歡這種大面積的森林了。

「放你在這裡，不要回去！」

「好！」有鳥、有森林，都好！「可是我要食物！」

一下車，果真就在對面的稜線看到一隻猛禽在飛，又長又平的翅型，推測是隻林鵰。

進到文健站內，老人家們跳舞熱身的過程，我發現這裡長輩們做的手工藝品是螞蟻、馬陸模型，大概是他們日常所見吧？旁邊還有兩個稻草人。講桌上的野薑花好香，籃子裡除了糖果，還有一顆檳榔，我拍照傳給我姊姊，她驚喜地回答：「是檳果！」

幫一位阿公按摩時，他說了一個詞，瞬間大家笑成一片。

「他說什麼？」我好奇詢問。

「cedem，好甜。」大家又笑了一遍，這個森林實在甜美。

照服員唱起歌，聲音如溪水流暢清脆，隨口又以阿美族的曲調哼起「按摩好舒服啊，按摩好香好舒服」。她接續唱起我聽不懂的歌，歌聲透過空氣震動，渲染整個空間的氛圍，無盡迴圈繚繞，激起靈魂波瀾的女性嗓音，溫柔卻略帶哀淒。

我聞見野薑花的氣味似乎變得更加濃烈，像是被歌聲喚醒——野薑花的靈魂也在用香氣唱歌，晶瑩剔透的白色花朵綻放，氣味蓋過我們手上的精油，伴隨照服員的歌聲滲透進我的身體。那瞬間，我被融解、進入了他們的場域。

Senay senay sa ko losa'
噙著淚水 思念著你
O losa'iso haw kaka
淚眼婆娑 思念哥哥
Yona ikor han no miso i takowanan
當你轉身離去
Hay ya haraten iso kaka
哥哥呀哥哥 我會思念著你

Senay senay sa ku losa’

噙著淚水 思念著你

O lusa’ iso haw kaka

淚眼盡情婆娑 思念哥哥

Yona ikor han no miso i takowanan

當你轉身離去

Hay ya haraten iso kaka

哥哥呀哥哥 請多保重

Ho way ye yan, Ho way yan na yi ye yo ho yan. Ho yi ye yo yan, Ho yi ye yo yan⋯

「這是什麼歌呀？」這首歌結束，我才發覺原來大家早已都安靜下來，同事開口詢問。

唱歌的照服員姐姐靜靜地不說話。「思念哥哥。」旁邊另一位大姐回答。

照服員姐姐又停頓了幾秒，才好像從遙遠的場域回來，聲音還帶著記憶：「十幾年前的歌，剛出來的時候我天天聽，每天晚上都要聽。」

按摩大致結束，由於我實在太喜歡野薑花的香氣，洗完手，經過放有野薑花的桌子旁，鼻子就被花黏住了。離開前，照服員姐姐送了我五枝野薑花，插在八寶粥的罐子裡，cedem，好甜，美好的香氣。

回臺東市區的路上，同事們再次放起喜宴的歌，有人點播〈小小羊兒要回家〉，果然又是一首激昂、不適合睡覺的歌。

大家又開始唱歌了，咿呀嘿，咿呀呼，時不時爆出歡呼，而我總是最孤僻的那個，安靜坐在後座。聽著他們每天這樣吵吵鬧鬧，聽久了，其實就可以很快在各種聲音中入睡了。

半睡半醒之際，我看見公務車前方的「什麼像」搖來搖去。那是牧靈組為每臺公務車裝上的聖母像，那個「什麼」媽媽每天面對我們，低垂的雙手朝我們敞開，像在給予無形的擁抱。

在這輛充滿歌聲的車上，身體跟隨車身前進，我閉上眼，放任意識墜落黑暗中更深層的寧靜空間。同事們的歌聲與歡鬧都漸漸變得遙遠，遠到最終皆成為海浪般綿延的安魂曲，在遠方反覆訴說著這個世界永遠都有些事情值得歡慶，即便不知道是什麼事情，我聽見笑聲始終在黑暗中持續。

我聞見野薑花的香氣，並暗自竊喜，感覺幸運。很高興身為「白浪」，仍然可以有機會透過按摩，進到部落裡去玩、去當小孩，付出一點勞力，享受長輩們的疼愛，透過芳療，短暫參與他們的世界。

回想這幾天的旅程，在樟原，一位獨居的阿嬤，九十歲還健步如飛。其實我們就只照過這一次面，但在離開前，還是牽著彼此的手說保重，擁抱再分別。儘管內心有些難過緣分很短暫，還是很高興能在彼此的人生旅途中享有美好的交會。

烏石鼻（Cidatayay），意思是「有月橘的地方」。很久很久以前，部落裡的人們會用月橘的汁液將牙齒染黑，現在染黑齒的習俗消失了，我依然看見大家有檳榔色的牙齒。牙齒脫落後的洞也是黑色的，有人天天都在過年。門把上的開瓶器是通往天國的鑰匙，或許酒就是通往喜悅之泉的道路，修女們也跳起舞。

膽曼，黑暗的夜晚（Tonman）、長滿茅草的昏暗（Taman）溝渠。可能是太暗了，所以聖母變成「什麼」，而「什麼」日漸清晰，伴隨我們搖搖晃晃回到家裡。八桑安（Pasongan），割草築屋；大俱來（Tapowaray），平坦的臺地。真柄的馬格拉海（Makerahay），是小溪乾涸之地……

竹湖的傳統名字是「大掃別」，傳說日治時期曾經受到詛咒，導致人們每晚都會生病，所以戰後改名「永福」，祈願村民「永遠平安幸福」。我想起在竹湖社區發展協會，佩君坐在廣場的綠色地板，為一位阿嬤按摩完雙腳，起身時手掌順勢撐地，沾滿按摩油的手在地上留下一個完整的手印。她當然沒特別留意，但完整服貼的手掌敞開，整個身體的重量自然壓到地底，就已經再次強化了祝福的印記。

膝關節腫脹的長輩們聽到音樂依然欣歡起舞，滿口紅色檳榔的阿嬤說他們最近天天都在打壘球，因為要去比賽了。我們離開時公務車經過壘球場，才知道原來他們每天都在那麼廣闊的天空下練習。

我將野薑花收進房裡，每個夜晚修剪枯萎的花朵，等待鮮嫩的花苞綻放。房間日日都充滿白花的香氣，夢裡歌聲持續，我看見樹林蓊鬱，有林鵰在稜線上飛翔。

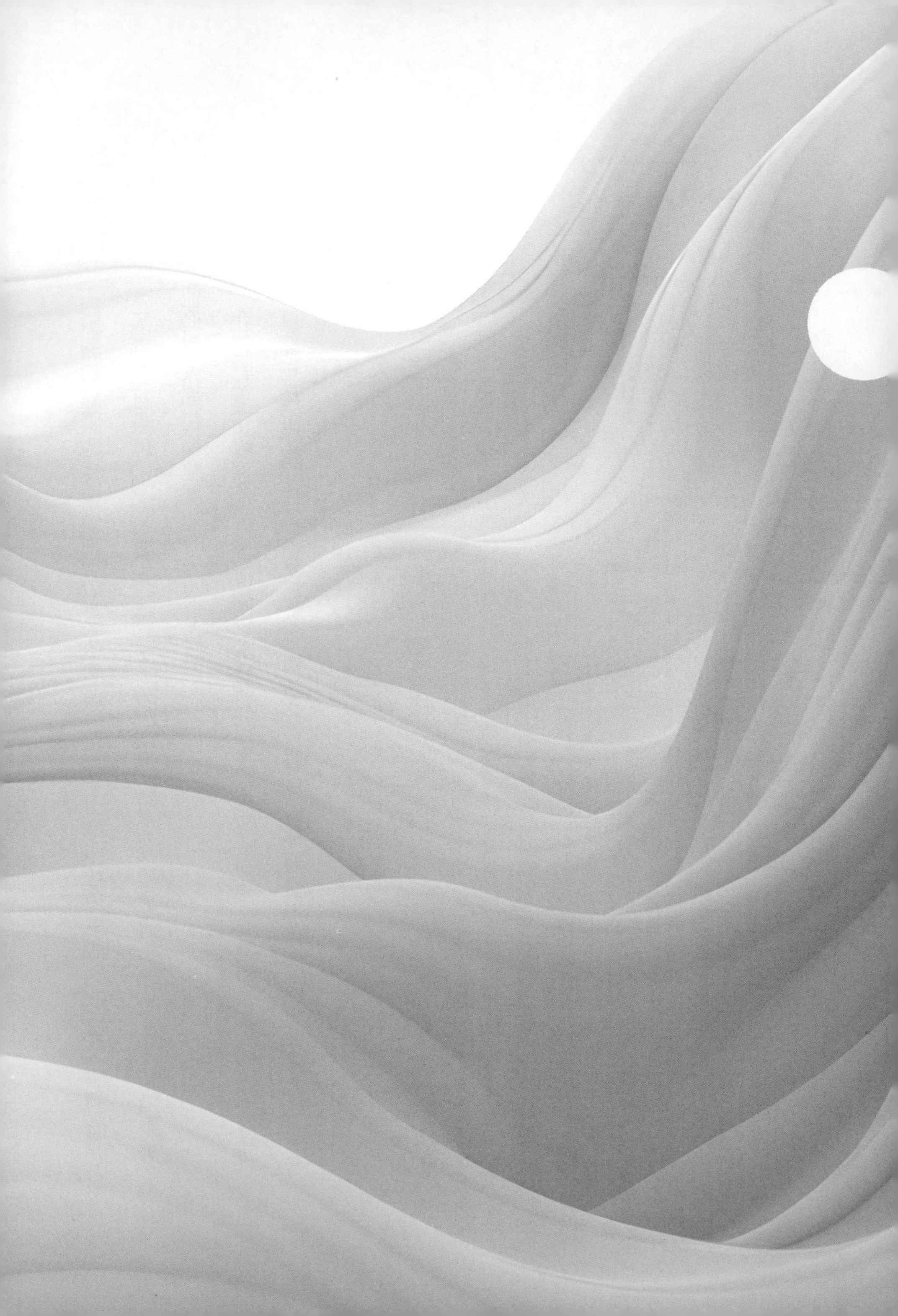

最遠的你，最近的愛

她的生活只剩照顧媽媽。說到這裡，她的肩膀又再次聳高，情緒激動。

我再加了一點按摩油，月桂回神的氣味令人眼睛一亮。我輕輕轉動她的脖子，她閉起眼睛，不再說話。

這天下午在日照中心，突然被照服員 Niwa 姐叫住。

「可以給媽媽一點香香嗎？她很焦慮。」

我轉頭，看見一位阿嬤坐在籐椅上，手中握著揉皺的衛生紙，低著頭流眼淚。

我迅速滴了一滴複方精油在掌心，走到阿嬤身邊。

「她九十六歲了，忘記她為什麼在這裡，很難過，在哭。」Niwa繼續說明。

我一手輕輕搭上阿嬤的肩膀，另一手放在她的鼻子前讓她聞香。阿嬤繼續小聲啜泣，但氣息稍微沉緩下來，呼吸通順了一些。旁邊的Niwa用溫暖的語調，像在哄小嬰兒：「有天使來幫你按摩囉，好香喔！我唱歌給你聽好不好？〈最遠的你是我最近的愛〉！」

她拿起手機放起這首歌，跟著音樂唱：「夜已沉默，心事向誰說？不肯回頭，所有的愛都錯過，別笑我懦弱，我始終不能猜透，為何人生淡薄……」

我忍不住噗嗤笑出來，這時候怎麼會聽這種歌詞難過的歌？

「這首歌很紅耶！」Niwa強調。

忽然電話響了，她離開，留我繼續幫阿嬤按摩。

阿嬤哭得心酸，責問：「為什麼我在這邊？我就不知道啊！為什麼我都忘記了？我出去外面就不知道怎麼回家了！為什麼忘記了？」感覺十分懊惱、對自己生氣。

但我也沒辦法，只好蹲下身，拍拍她的胸口，像在觸碰一個柔軟、肌膚細緻的小嬰兒，力道非常輕，把手放到她的心上，安撫她：「沒關係、沒關係，你現在很安全，忘記了也沒關係，我們都會照顧你。」

她停頓了一下，又繼續流著眼淚說「謝謝……」，不同的是這次的聲音變得柔軟、有溫度了，大概不那麼自責了吧。

Niwa 回來，告訴我們阿嬤的女兒已經抵達醫院，聽到女兒的名字，阿嬤看起來放心許多，便跟著 Niwa 去找她的女兒。

看著 Niwa 小心牽扶阿嬤，慢慢走出大門，我鬆了口氣，心想這次能這麼堅定地說出「我們都會照顧你」，實在是因為有團隊共同照顧。我信任 Niwa 照顧長輩總是這麼盡心，所以自己明明沒做什麼，也能說得這麼有信心。

其實好幾次臨時被叫到情緒潰堤的長輩身邊，我都只能臨場隨機應變，內心常常在自我懷疑，會不會自己根本無能為力？因為沒有標準正確的方法可供依循，誰也不知道事情會怎麼發展，無法知道我們的任何一個選擇、一個動作，會帶來怎麼樣的改變。幸好這次結果依然滿好的。

這次阿嬤午覺醒來，忘記自己怎麼會在這裡，很納悶問：「為什麼我沒有上課？」

Niwa告訴她：「有啊，你現在就是在上課。」

「為什麼我都忘記了？」

因為你失智了，當然沒有人這樣回答，畢竟她是真的想知道為什麼嗎？知道答案就能讓她的心情更美好嗎？

我不知道該怎麼回答她的眾多發問，就乾脆不回答了，只是盡量提供安全感，善用手邊剛好有的精油，芳樟、玫瑰和乳香。只要香氣在場，不需要太多語言，自然就能傳達一股安心、一切都沒關係的氛圍。似乎許多問題都不需要答案，用單純的呼吸來回應，就足以舒心。

失智是怎麼樣的事呢？回想有次我在為一位阿嬤按摩，另一位坐在身旁的阿嬤問她：

「你屬什麼？」

「屬羊。」

「我屬牛。這樣不合，這樣我們差很多。」

屬牛的阿嬤開始自我介紹：「我都做農。做事人，每天天亮就要去拔草，到太陽落下，做整天……我家在太平，卑南那邊。」

屬羊的阿嬤回答：「我也做事人，做田，還會做衣服。」

接著，很神奇地，兩個人又回到剛剛的話題：「喔，你也是做田！你屬什麼？」

「屬羊。」

「啊，我屬牛，這樣差好多！」

短短十五分鐘的按摩，屬什麼的話題，她們重複了三次。同樣的兩個人好像經歷了好多次的初次見面，但事實上，她們已經當同學好久了，兩人每個平日都在醫院二樓的日照中心上課，早就都沒有在做田了。

這位屬羊的阿嬤幾乎總是穿著優雅，有次她穿著紫色連身套裝，在沙發椅上攤開報紙閱讀，動作極美。

小玫姐問我：「你老了是不是也想像這樣？」我說對，好優雅，陽光從窗外跳躍到她的紫色長裙上，空氣瀰漫真正薰衣草的香。

這天，阿嬤的女兒也在，身材肥胖，頭髮用一根筷子固定、捲成包包，肩上灑落些許頭皮屑，像墜落的星辰沾了油垢味，掉在暗色衣服上。我站在她身後，拉高她的衣領，將按摩油塗上她厚實的肩膀。

「你媽媽說你們家是做衣服的。」

「那是她十幾歲的時候，早就沒在做了！」

「哈哈！原來啊。」果然長輩們說的話要再次確認過才好，「我還想說難怪她每天都穿這麼漂亮，你媽媽非常有氣質耶！」

「那是我年輕時候的衣服！因為變胖，我穿不下了。」

「你年輕時候的衣服好美，你一定也很優雅。」

她頓時神采飛揚，開始說起她之前在大飯店擔任公關，工作接觸的對象都是國際級的人物。「我很會認人，只要見過你，下次我就一定認得出來！」她的大眼睛注視著我，神情專注，像是要把我的模樣仔細刻畫在腦海。

我扶起她的手臂，左右晃一晃，放掉肘關節不自覺的施力，她的手感覺更重了一些。

「而且我的直覺很準，一看到客人進來，我就知道這人會不會買單。在餐廳裡，客人一站起來，我就立刻知道他想要什麼……」

她投入回憶之中，在訴說這個身體曾經的記憶。我握拳輕敲她的手臂，攤開手掌服貼撫滑，安撫她的肌膚，而我的意識好像也跟著精油一起進到她的身體裡，感受她曾經的記憶。我們的眼前好像不再是日照中心，而是餐廳裡來往的人群，她語調放緩，整隻手的重量都掉了下來，重重沉到我手上。

「我二〇〇八年辭職……回來臺東照顧我媽。」

人生迅速隨著時間推進，她沒有想到一顧就是十五年。回家後，她的生活只剩照顧媽媽，無止境的照顧，看不到盡頭。

說到這裡，她的肩膀又再次聳高，忽然情緒激動，說起媽媽會對她大吼大罵，「我最受不了的是日落症候群來的時候！」她心寒時也會吼回去：「你敢對你兒子這樣講嗎！」

「她兒子？」

我拍拍她的肩膀，平時能聽她說話的人或許不多，這時候就讓她盡情對空氣吐出委屈吧。

她冷笑一聲。「呵，那是她的前世情人。」她沒有結婚，不像弟弟有自己的家庭和工作，於是媽媽生病了，照顧家人的主要責任就落在她一人身上。但怎麼可以這樣，對日夜陪伴在身邊的她這樣吼叫，對偶爾回來的弟弟卻超級溫柔，完全是另一個模樣……

我再加了一點按摩油，塗到她的後頸。月桂回神的氣味令人眼睛一亮，我輕輕轉動她的脖子，她閉起眼睛，不再說話。

不說話很好，因為我們在做按摩，我拿下她插在頭上的筷子，端正高聳的包包頭落成大把的黑髮。我用雙手包覆她的頭，簡單放鬆頭皮，再拿起按摩梳為她梳頭，頓時刮下的皮屑如同紛飛的雪花，月桂帶來溫暖的陽光，和落下的雪一起籠罩著她沉睡。

我不知道她閉上眼後，還有沒有在想些什麼，是不是又陷入了哪些回憶，或只是單純在休息？

最好是單純在休息。但我卻不小心陷入自己紛雜的思考——人是不是仰賴記憶而活呢？如果有天我最親愛的媽媽認不得我了、忘記我了，我有可能始終守在她身邊，繼續愛她、照顧她，並且無怨無悔還不心寒嗎？

少了共同的相處記憶，我們的親人，還是我們的「親人」嗎？

究竟，是什麼讓人成為一個特定的人呢？如果這個東西會消失，那照顧者要仰賴什麼支撐下去？想到這裡，我卡住了。按摩結束，她睡醒，我請她多喝水，發現她倒了兩杯溫熱的花草茶，一杯拿給她媽媽。

剛剛的疑問大概是我又想太多了吧？對她來說，血脈連結就是必須抵得過疾病消磨的日常，日子要過，太虛無遙遠的問題，都比不過眼前一杯能即時暖身的熱茶——這是認定，就算失去記憶，媽媽就是媽媽。

拿著茶杯，她的身體已經走到當下。大大的眼睛直視眼前的媽媽，這位重要到她曾經願意放下一切、回來陪伴的家人，現在就在她身旁。在此時此刻，就算變成了初次相遇，也隨時都可以重新選擇用什麼樣的心情，一起繼續過生活吧。

我好像又聽見了 Niwa 在唱〈最遠的你是我最近的愛〉，當記憶中的親人已經退到最遙遠的地方去，眼前的人萍水相逢，成為了此刻，最近的愛。

媽媽說害怕晚上會睡不著，不喝茶。杯子滿滿的，就留在桌上，慢慢放涼，她還認得她。

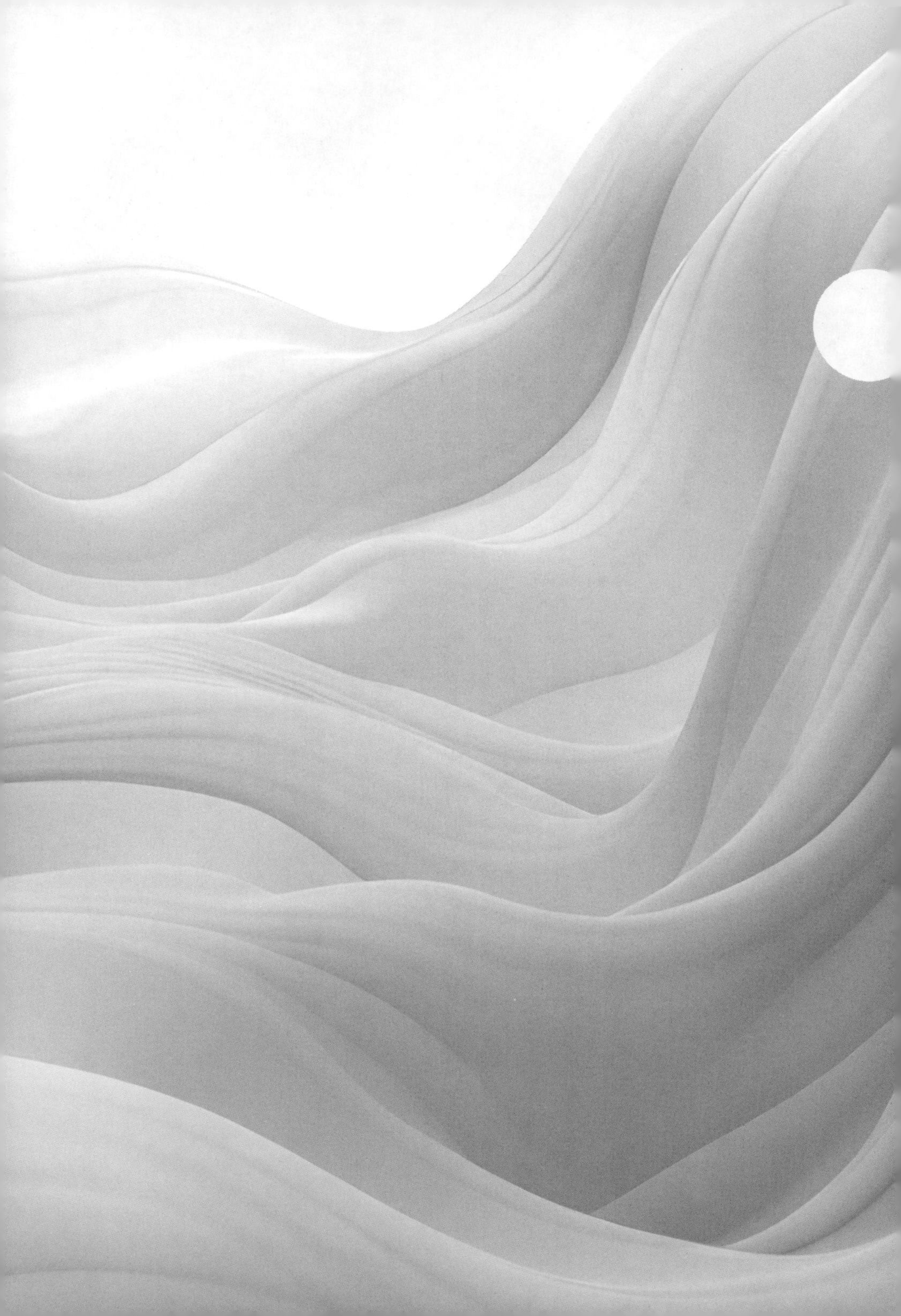

刺青

「三年前有個年輕芳療師幫我爸爸按摩，回去後爸爸的咳嗽就都好了，很厲害，是你嗎？」

我沒告訴她，爺爺的咳嗽會好轉，絕對有精油之外的理由。

療程結束，三位客人坐在客廳休息，我送上花草茶，其中一位姐姐眼睛定格到我身上，以試探的語氣問我：「你在這邊很久了嗎？」

我點點頭，「怎麼了嗎？」

「很久以前，疫情還沒開始的時候，大概三年前，我有帶我爸爸來這邊按摩過。那個時候有一個很瘦、很年輕的芳療師幫我爸爸按摩，回去之後爸爸的咳嗽就都好了，很厲害，是你嗎？」

「你爸爸是有刺青的那位嗎？」不知道哪來的靈感，我腦中忽然浮出一位爺爺，於是指了自己的左手上臂，因為那位爺爺的手臂上有個很特別的刺青。

「對！他很認真，他還會拿原子筆畫！」姐姐露出會心的笑容，拍了拍她的右手手臂，原來刺青是在右手，喚回了我的記憶。

那天，一位九十二歲的爺爺從臺北抵達臺東，由全家人們護送他前來芳療館。一位年輕的外籍看護將輪椅上的爺爺推進療程室，全家人也簇擁著爺爺進來，小小的療程室頓時變得好溫馨熱鬧。

爺爺已無法自行起身移動，呼吸很喘，我們推測他大概難以久趴。為了避免過多搬動造成不適，決定不讓他躺上按摩床，於是把用不到的療程床往後推，施作按摩時，就讓爺爺直接坐在自己的輪椅上。

療程開始，家屬們先行離開，只留下看護坐在旁邊的木椅。她的身體陷入柔軟的椅墊，看著我幫爺爺按摩，水氧機在她的右手邊冒出白霧，她就這樣在朦朧的白色香霧中接受輕柔的音樂催眠，很迅速地閉眼入睡。

雖然知道家屬們期待她多跟芳療師學些按摩手法，但我沒有叫醒她，覺得就讓她睡吧。她離鄉背井，在非母語的環境擔任貼身照顧者，一定有旁人難以想像的壓力，更何況這次還跟隨全家人帶著爺爺移動，家族大出遊。

在療程室裡沒有人叫她，但只要爺爺一咳嗽，看護就會立刻醒來，伸手捏住爺爺充滿皺褶、缺凡彈性的手掌，她的手指牢牢按壓爺爺合谷穴的位置，似乎相信所有疑難雜症只要按住這個穴道就會紓解。她平常大概就是這樣牽著爺爺，手牢牢握著，一直在他身邊。

爺爺的手和雙腳有嚴重的水腫，我倒出「自由流動」複方按摩油，聞見檸檬香茅和絲柏的氣味。站在爺爺身後，雙手放到他的鼻子前，引導爺爺做幾個深呼吸，再從肩膀開始按摩。右手掌下滑，精油均勻塗在爺爺的左邊肩膀，左手掌再滑到右邊製造波浪。

撫觸跟隨韻律，爺爺的喘氣聲漸漸舒緩，表情也安適下來。當我牽起他的手臂，看到了模糊的刺青：「Anti-×××」後面三個字母已看不清楚。

「這個刺青好特別喔，什麼時候刺的呀？」我問了爺爺。

「很久了，當兵之前，有六、七十年了。」我這才發現爺爺的口齒清晰，而且神智清醒，能夠回答問題。

「怎麼會刺這個？」

「一個美國軍官刺的，那時候在日本。」怎麼會在日本呢？還遇到美國軍官？我忍不住好奇地繼續詢問：「在日本做什麼呀？」

但這次爺爺沒有再回答，只見到他的神情變得嚴肅，壓扁的嘴唇緊閉，周遭的空氣也忽然凝滯，或許是陷入了不想記得的回憶吧？我放棄追問，讓問句消失在空中，輕輕轉開瓶蓋，再倒一些按摩油。

填補沉默的是精油的氣息，有檸檬香茅、大西洋雪松、永久花和絲柏。

我在輪椅前蹲下身，將爺爺腫脹的小腿放上墊高的白色毛巾，在心裡暗暗估算：爺爺大概生於一九二九年，必定經歷過二戰。

撫過爺爺布滿斑點的皮膚，雙手交替往上推撫，按摩完的右腳縮小了二分之一，相較左腳，體型差異非常顯著。我默默升起一股明知道會稍縱即逝、卻還是很踏實的成就感，因為這只是短暫的症狀舒緩，爺爺的腳很快又會再膨脹回去。但至少觸感暫時沒那麼緊繃了，爺爺也表示舒服很多，我們相視，笑得非常開心。

爺爺被家人們接回去後，我一直在思考，這個刺青大約在七十年前，那時差不多是臺灣進入戒嚴時期的一九四九年。當時的爺爺大概二十歲，正值少年，他究竟在日本做些什麼呢？

曾經聽一位老師說過，他在父親過世後翻出老照片，才發現原來當爸爸還是十幾歲少年時，曾經到日本去製作戰鬥機，協助日本打仗，但父親這輩子對這件事隻字未提。我擅自猜想，爺爺也有類似的故事嗎？是不是因為記憶太辛苦而不願再提起？他會不會也接受過日本教育，戰後卻忽然從戰敗的日本人變成戰勝的同盟國人，有著複雜的自我認同和記憶？

我好奇這個身體曾經走過的歷史，但僅短短一次見面，只能將好奇擱置。至少爺爺在臺灣有個家，家人們都愛著他。那天療程收尾時，我按壓爺爺鬆軟的頭皮，他始終面帶笑容，這個笑容是我對他的最後記憶。

終於兩年後，爺爺的兩個女兒又帶著親友們來到芳療館，擱置的好奇有了可詢問的對象，我問姐姐：「爸爸說那個刺青很久了，當兵的時候刺的，有七十年了。」

「對！他那個時候在韓國，但他們這一些兵想要來臺灣，所以就刺青表達他們的意願，然後就來臺灣了。」

「我一直對那個刺青很好奇，但他只說是當兵的時候，原來是在韓國嗎？」但我印象中爺爺說是在日本。

「對，在打韓戰，被中共派過去的。所以他們來臺灣的時間比較晚，大概民國四十一年。」原來是這樣啊，被中共派去支援北韓。仔細回想那天看到的刺青，最後三個字母雖然早已模糊，但確實看得出是war，Anti-war。

我不知道這些士兵確切經歷了什麼，但聽起來這些年少的軍人們被派到異鄉打仗，遇上一位屬於敵對陣營，卻願意協助他們來臺灣的美國軍官。軍官為他們刺青，而他們活了下來，抵達臺灣，七十年後，爺爺已順利建立自己綿延的家族。回想那天在小小的療程室內，全家人們簇擁著爺爺，這大概就是「瓜瓞綿綿」最生動、具象的體現了。

「爸爸現在怎麼樣了呢？」

姐姐的眼眶瞬間轉紅：「去年已經走了……很高興還能在這裡再看到你，爸爸那天回去後咳嗽和水腫都好很多。」她泛著眼淚說。

我沒告訴她，其實那天我並沒有針對「咳嗽」特別做什麼，雖然絲柏有舒緩咳嗽、消水腫的作用，但我猜那天回去後咳嗽會好，絕對有精油之外的理由。

例如我觀察到爺爺會咳嗽的其中一個原因，非常可能是情緒因素。大概是那天舟車勞頓的行程使大家都很累吧，爺爺剛抵達芳療館時一直很想出口罵人，情緒緊張再加上喘氣，以致他一嘗試說話就咳嗽。

但到了芳療館，聞見各種芳香植物，又有舒服的按摩，疲憊的身體終於能好好享受和休息，他好開心。爺爺真的好開心，就只顧著笑，似乎再也沒有什麼事情需要出聲糾正或抗議了，於是如同女兒說的，咳嗽就好了。

原來對老人家來說，光是心情好就這麼有療癒力，足以成為一家美好的記憶。

他們離開後，我打開那天給爺爺的絲柏精油，聞見冷靜凝斂、拋下一切包袱般乾淨清爽的氣味。

絲柏原生在地中海國家，拉丁學名的種名「*Sempervirens*」是永生的意思。傳說耶穌的十字架也是絲柏木製成，象徵死亡與重生，於是在許多國家，人們將絲柏種植在墓園。墓園內，絲柏高瘦挺直的樹形，如同一位又一位情感節制的護衛，從地表安靜升起，精準直達天際。

此刻護衛的氣息從天際籠罩而下，引導爺爺的刺青再次浮上我的眼前，Anti-war，姐姐說他會拿著原子筆反覆畫過，不斷加深印記。爺爺與他的戰地夥伴們在身體刻下明確宣言，透過圖騰彰顯心意，宣示和平反戰的意願，也為彼此的生命作見證：他們曾歷經征戰，而爺爺又多存活了七十年。

這七十年，爺爺看著流有自身血脈的兒女們日漸成長，他拿出原子筆，在手臂反覆畫下 Anti-war，心裡必定也想著更多來自不同家庭、不同國籍的孩子們吧？於是刺青成為爺爺對所有人們的祝福。

如今爺爺已經離開這個世界，他所珍愛的兒女們必須將思念傳達到永生的那一邊，儘管分隔兩界，刺青維繫了他們要彼此珍重的意念。

牽手走向牛樟森林

有「牽手」的森林就有旋律，就有光。心被掏空的牛樟會持續生長。

背起裝滿精油的帆布袋，走進三三〇號病房，平日都在沉睡的阿姨，這天終於睜大眼睛。我才發現她的兩顆眼珠都是黃色的，整個肌膚也都橘黃，這是黃疸，肝癌末期病人的常見表徵。

第一次看見她醒著，眼珠在空中飄移，神情有些驚駭，令我聯想到失焦遊蕩的澤鵟。她打開嘴巴露出灰黑的牙齒，發出「啊——」的聲音，像在和空氣說話，床頭的念佛機反覆唱誦阿彌陀佛，令人心緒平穩下來。

她的目光反覆穿透我，似乎看不見我，我猜或許她的意識已經前往另一個世界了吧？我在水氧機裡滴入精油，神聖的乳香、沒藥，再加一些香甜的花朵。精油隨著白色煙霧擴散，我轉頭望向她，想觀察她有聞到嗎？植物的香氣可以穿越時空的疆界，抵達哪一片淨土嗎？

她的身體當然有在呼吸，眼睛持續追逐著空氣，枯瘦無力的手伸向空中比劃。「啊——」她繼續在和空氣中的誰對話。

她的丈夫在旁邊的躺椅午睡，全身裹著棉被，注意到我在注視她，告訴我：「不要理她。」又說他喜歡這個味道，他們在家裡也喜歡點精油，「我們用牛樟……」聲音輕柔恍惚，好像來自夢鄉。

果然說完這句，他便瞬間又睡回去。氣味讓他想起了家。

而我想起了利嘉林道，有好多野生的牛樟，大都已遭盜伐，樹心被掏空，盜採林木的山老鼠期盼能從中得到牛樟芝，昂貴的藥材。我有些好奇，這對夫妻有沒有聞過野地活生生的牛樟？但我沒問出口，因為他們已經無法一起走出病房，我不敢說太太的身體顏色像牛樟芝一樣橘黃。

他們已結婚三十九年，正值壯年的孩子們都在外地工作，於是這一年多來太太生病，都由先生獨自照顧。

先生說生病不是她願意的，沒有人願意生病，但他們都沒辦法。這時候他笑了，無奈地說：「之前生病，還可以牽著她的手走路，但是到這裡之後，就只能躺在床上了。」

我看著他的口罩上方露出魚尾紋，眼中有白白的光芒，瞬間辨認不出這是什麼情緒，完成了一生不離不棄的承諾，終於即將放手的豁達？

我意識到「牽手」，是太太的意思。

「沒辦法，生病了、遇上了，就只能面對啊。」

所以牽手，一起面對啊，他又笑了。

她生病後，換他為彼此做飯，整理家裡、打理生活更多一些。再多一些，為她換上新的尿布、擦拭她的身體，像重新認識眼前相伴四十年的伴侶；至於無法替她承擔的疼痛，就貼上嗎啡類貼片。

我看見她昏睡時，他也總是在旁邊，累到聽著她的呻吟聲入睡，但至少空間香潔，至少那時他們都還在彼此身邊。

溫佑君老師在《療癒之島》中形容牛樟是「化腐朽為神奇」的氣味，勸慰苦求仙藥的人們：「從枯木裡養出妙藥的芳香分子，不過是在演繹自然永恆的輪迴。坦然面向生老病死，會不會比苦求仙丹更能活出意義？」

病房空間一片祥和。

我走出病房，聞見熟悉的香氣一路彌漫到房門口，伴隨念佛機平穩的阿彌陀佛，包覆日復一日的病痛時光。我可以把各種植物的氣味帶進病房，但要怎麼樣才能面向生老病死？失去伴侶，要如何才能坦然呢？

這對夫妻早已出院，或許阿姨真的到了阿彌陀佛淨土，沉睡在花苞裡，化成一朵等待被喚醒的睡蓮。

而我與好友們走進利嘉那片有牛樟的森林，走過無數棵巨大的牛樟木殘骸，一路伴隨花翅山椒鳥的鳴叫。有人描述花翅山椒鳥時常成對飛行，但至今我還沒看過牠們成對，只看過牠們獨行。第一次是在金崙一處靠山的農田，一隻花翅山椒鳥嘴裡叼著食物，不知道飛去找誰，接著就是在利嘉林道，叫聲像高聲哭啼，令我感到哀淒。

那天山夾帶霧氣，掩蓋了一切情感和記憶，最終，我只記得有隻一身灰的花翅山椒鳥，神祕地守在牛樟生長的森林。

我好奇如果一隻花翅山椒鳥失去伴侶，牠也會陷入哀傷嗎？百年的牛樟，一夕之間樹心就被掏空，接著聽說有位採牛樟芝的伐木者直直掉進樹洞，屍體卡在裡頭，化成白骨。花翅山椒鳥的鳴叫聲嘹亮高亢，被盜伐的牛樟從邊緣長出新芽，腐生菌持續在內部腐蝕樹幹，生出的牛樟芝顏色豔橘，成為珍稀昂貴的藥材，放入嘴中品嚐起來極度甘苦。

我又憶起那位膚色宛如牛樟芝的阿姨，年輕時曾經和先生互相允諾白頭偕老。不同的病房持續播放出即將抵達彼岸的引導詞，我從林道回來，反覆前往病房與療程室的下一間，旁觀有人力行相守一生的承諾，旁觀白頭偕老在死亡面前變成奢求。

即便結婚，所有的伴侶關係最終都還是會過去，那麼愛可以讓人獲得什麼嗎？

我在芳療館打開精油，讓氣味開啟結界，企圖把森林不斷演替、生發的意象搬到室內。這時，一位面容愁苦的阿姨推著媽媽進入芳療館，媽媽低頭坐在輪椅上，兩人身上像是籠罩著烏雲。

阿姨說，媽媽出車禍後就體重銳減，我看著她們母女凹陷的臉頰、下垂的面容，四周的氣壓似乎又更低沉，空氣都更黯淡下去。她將奶奶推入療程室，由芳療師姐姐為她做療程，她的父親坐到客廳的沙發滑手機，等待妻子。

直到療程結束，奶奶被推出客廳，她對爺爺露出笑容，爺爺忽然笑得好開心，伸手觸摸太太的臉頰、摸摸她的頭，用臺語溫柔地說：「會笑了吼！」

剎那我看見金黃色的光，灑落在她臉上，又映照到爺爺的身上，原來伴侶的笑容是彼此最珍貴的光。

有牽手的森林就有旋律，就有光，心被掏空的牛樟會持續生長。

Ambivalent Peaks

在自己的房間，我被香氣迷昏了，整個人飄然起飛，得意地感到今日再次成為自己最好的伴侶。植物成為我的家人，我們共同的家深根在大地……

這天早上的夢中，一群家屬和護理師們火速奔跑，推著病床衝進療程室，我迅速把療程床推到角落，清出大空間，讓病床瞬間取代原本按摩床的位置。

家屬們圍繞在病人身旁，趁護理師安置病人時，我跟另一位芳療師姐姐躲到角落，討論這時候適用什麼精油。

「達瑪吧？」她說。

「我也覺得達瑪。」

達瑪是梵文「法」的音譯，裡面有神聖的檀香、深入土地的岩蘭草根，適用於各種突如其來的變化、轉換之際，幫助人找回內在安立的中心。我瞥見鏡子，發覺我的頭髮太長了，於是拿起剪刀，果斷剪下一束好長的馬尾。我走到茶水間，將剪下的頭髮收進抽屜。

打開抽屜，發現裡面居然早就擱著另一束馬尾了，是更久之前剪下的，那時我的頭髮似乎更多、更茂密。我放進第二束馬尾，關上抽屜，回到走廊，我頭上的長髮依然很長。

療程室裡的病人已經安置妥當，護理師和家屬們離開了。正當我一腳準備踏入療程室，忽然冒出一群黑衣人，像脫韁的野馬把病人推出大門，失控地拉著病床狂奔。

「欸，不可以就這樣把人帶走！他的家人還在等他！」我在後方奮力追逐他們，「而且我還沒完成我的工作！」

這群黑衣人把病床連同病人拉進電梯，我也追進去，一踏入電梯，門恰好關上。

「刷——」電梯裡居然有個「棄屍」通道，黑衣人們抬起病床，床上的人就這樣溜進通道。我目瞪口呆，驚駭得倒抽一口氣，眼睜睜看著這個人的身體就這樣被當成垃圾丟棄。

「他已經死了。」黑衣人告訴我。

「已經死了啊……」我放棄去追了，電梯門打開，我轉身落寞走回療程室。

一路上，我一直在想：他的家屬們在哪裡？我要怎麼交代呢？為瀕死之人做芳療，能產生什麼意義嗎，如果這個身體早已沒有靈魂？

就這樣在苦惱中醒來，慶幸還好這些都只是夢境，應該沒有人會把臨終病人推進芳療館裡，現實中也不會有陌生人忽然出現，把家屬交到我手中的親人奪走，我大可放心。

但我是不是太用力追逐死亡的陰影，忘記體驗真實的生命？

同樣的這天，公務車穿過小馬隧道，進入泰源幽谷，我們像被放進大地孕育生命的搖籃，隨著蜿蜒山路輕晃，蓊綠的大山將車子包圍，感覺十分可靠。

抵達泰源天主堂，大約三十多位長輩們正在收拾畫筆和顏料，準備開始練唱，為兩個禮拜後的活力站十週年慶練習迎賓曲。

在大家的歌聲中，我們也開始按摩，今天服務的第一位 mamo[4] 一看到我們就開心地打招呼：「好久沒有來了！」她拉高右腳褲管，露出腫脹的腳踝，附帶大片瘀血。

「我騎機車摔到了！」她說得輕鬆，像是拿出一片海苔般稀鬆平常。

我露出詫異的表情，對年輕人來說，騎機車受傷已經是大事，更何況是八十五歲的老人家。

大概是我的反應太大，mamo 急著安撫：「沒有撞到！沒有撞到！好很多了！」

我有些哭笑不得，雖然聽 mamo 說好了就像真的一切都好，我還是選了含有永久花的按摩油。

社工 Wakang 繼續帶領大家練唱，人們圍成一圈，轉音在空中製造氣旋。這裡的環境開闊，各種聲音與氣味隨風自由穿行，大概就是因為空間足夠開闊，任何意外、驚駭才都可以很快速地流動吧？當 mamo 以她特殊的阿美族口音說「好」，呵出的氣流順著上顎流出喉嚨，彷彿也化成一道無形流暢的浪在空中。

想起剛剛依稀聽見照服員姐姐安排按摩順序，隨口說了一句：「她先按，她要照顧老公。」我好奇這位八十五歲的 mamo 也是照顧者嗎？高齡照顧者要同時承擔至少兩個人的身心負擔，同時面對自己和被照顧者的身體病老。如果 mamo 也是照顧者，那麼當這樣的意外發生、無法行走，日常起居該怎麼辦呢？她是怎麼走過來的？

4 阿美族語，阿嬤之意。

「你平常都跟老公住嗎？」我試探性地問。

「對啊，小孩都在臺北工作，上禮拜有帶孫仔回來，女兒回來一個禮拜。」說到孫仔，mamo 的眼睛幸福地瞇了起來。

「所以腳受傷他們也都有照顧你叿？」

「有啦！」mamo 笑得更開心了，感覺起來老公不是負擔，反而是能給她支持的人。

「老公怎麼沒跟你來？」

「他在山上，他每天都去山上！」

mamo 的聲音充滿鮮活生命力，當她說「山上」，我眼前真的看到茂密的森林、肥沃的土壤，地下落葉層中不斷冒出翠綠樹苗，持續在抽高生長。

「好健康喔！」

「他八十八歲，每天都走路，騎腳踏車去山上走路。他說山上空氣比較好。」

「這邊已經是泰源了耶！傳說中的淨土、幽谷了耶！空氣還不好嗎？」

我舉起 mamo 的手做了向後的伸展動作，她的健康靈活程度超乎我原先預期的太多，以致我的語氣有些激動。

「他說山上沒有農藥的味道！」

mamo 說服我了，使我心中升起滿滿敬意，大概只有從小生長在淨土的仙人，才懂得追求更加極致純淨的自然環境吧。難道這就是這對老夫老妻能夠長壽、健康相伴至今的祕訣嗎？

替 mamo 做完簡單的坐姿按摩，在瘀青的部分擦上精油，她離開了。下一位 mamo 很迅速地坐上來，說她常常手麻，有去臺東市區看醫生拿藥了，只是目前還沒什麼效果。她說：「連擰抹布都沒有力氣，不知道怎麼做家事。」

「這裡要看醫生要跑很——遠！」mamo 加長語調突顯路程真的好長，單程大概一小時，醫療確實不如市區方便。

mamo 伸手交給我，讓我為她按摩，但其實我有些心虛，不知道關於手麻的症狀我能做些什麼。但她依然快樂地唱起歌，讓我的身體跟隨她的韻律搖晃，在她的歌聲中，我感覺受到洗滌。

這裡的長輩們即使身體隨著年紀有些不適，但至少心靈是富足、健康的吧？離開時她笑得這麼發自真心，居然安撫了我內心的焦慮和無能為力。

Wakang 在天主堂的花圃種植許多玫瑰，象徵聖母媽媽的愛綻放在人間，而我工作結束後喜歡在這裡看林鵰，不過這天林鵰沒有出來。我拿起望遠鏡，搜尋到遠方有兩隻飛翔的猛禽，翅膀上彎成 V 型，是大冠鷲，成雙成對，在山邊盤旋。

再一小時的車程，沿著海岸往南回到住處，路上，我不斷想起那位講到孫仔就笑瞇眼的 mamo，和八十八歲的老公一起生活在幽谷裡，我反省自己是不是錯過了很多可以和家人相處的時光？「家」是什麼感覺呢？

我當然有家人，只是都在中央山脈的另一側，他們生活在有許多人的城市，是我主動選擇離群索居，所以要能對得起家人的支持，要能讓家人放心，自己打理好日常事務。如果在一整天的勞動後還有力氣說話，調整好心情，再打電話回家。

我放起了 Bad Books 的〈Ambivalent Peaks〉，安溥對這首歌的介紹是「在鄉下地方，時間過得很慢很慢，用一輩子的時間愛一個人」，歌曲十分深情。我想家了，雖然待在家裡，最奢求的一定會是像現在這樣，一個人的獨處時光。

我打開房間裡的香薰機，裡頭還遺留波旁天竺葵的氣息，萃取自葉片的精油，香氣卻濃郁如同奔放的花朵，令人心情愉悅。我決定不換水了，就留著這個氣味，繼續加入喜愛的植物舒眠。

植物會說話，透過氣息傳達感官知覺和夢境：這是對我摸頭說晚安的苦橙葉；快樂鼠尾草讓我笑瞇了眼，雙手捧著臉頰也難掩內心的雀躍；高大的喜馬拉雅雪松穩重，卻散發巧克力的溫柔香味，吸引孩子們把頭和背靠上大樹安穩地睡。再加入單純快樂的甜橙，今晚的美夢必定香甜。

我再拿出玫瑰純露貼敷雙眼，氣味召喚出玫瑰色的世界。

我被香氣迷昏了，整個人飄然起飛，得意地感到今日再次成為自己最好的伴侶。

植物成為我的家人，我們共同的家深根在大地，聽著 Bad Books 的歌詞宛若詩句：

It's you I will marry
My lover, my family
You always will be
But every word
Seemed too small to speak
So we watched the sky reach
Ambivalent peaks
We made our projections
Present and free

在香氣中闔眼，我看見廣大的山脈，綿延起伏的山巒之間涵融霧氣，溫和的陽光穿透雲霧化成光絲灑在森林，行光合作用的植物們隨風起舞搖曳；一隻漆黑的林鵰貼著森林展開雙翅，飛行的路徑拉長我的黑髮不斷生長。

陽光和霧氣，浸潤我和植物一同呼吸。身為人類，我感覺自己正在和土壤生養的植物精魂交流記憶，這個家或許太過虛幻，但也太迷魂，簡直無與倫比。

Liebe

學姐在我的手心滴了一滴名為「生命萬歲」的精油，請我搓熱手掌，做幾下深呼吸，再將手慢慢放到 Liebe 的鼻子前——這是我第一次接觸芳療，和一匹馬共享香氣。

回想起來，第一次接觸芳療，與我共享香氣的對象不是人類，而是一匹馬。一匹身高和我差不多的白色小馬。

牠的表情很溫柔，有著長長的白色睫毛，底下轉動的眼珠烏溜溜，和牠對望的時候，會感覺牠的眼神似乎在主動尋索並且吸納世界中的一切。無論好壞美醜，全都一覽無遺，被牠細細收入眼底。

如果和牠對望得夠久，會感到連埋在深處的靈魂都被召喚出來、吸入牠的眼裡。看著牠的眼睛，牠早已將舉目可及的所有奧祕都收盡，默默裹上一層黑暗，表面透出純真的光芒。當我站在牠身旁，手掌貼上牠的脖子，踏實的觸感伴隨穩重的呼吸，教人忍不住讚賞「安在」這詞簡直就是牠發明的一樣。

牠叫做 Liebe。Liebe 和一群動物夥伴們一起住在花蓮的馬匹輔助教育中心，這裡是臺灣兒童發展協會的馬場，專門陪伴兒童探索自我、慢慢長大的地方。教練們大都是心理系的學姐，負責照顧馬匹、帶領許多身心障礙的孩子們學習騎馬。而我只是聽說有可愛的馬，就來到這裡當志工，負責分擔汗水、整理環境、看馬。

學姐們時常叮嚀，馬是非常敏感的動物。在還沒被人類馴化以前，牠們的祖先生活在廣大的草原上，沒有可供防衛的尖牙和利爪，身為溫柔的食草獸，隨時都有可能成為被獵捕的美食。馬為了保命，只好演化出高超的覺察能力，時時刻刻觀察周遭環境、偵測危險，以便能隨時逃跑。這樣感官全開的偵察本能，使得馬對人類的情緒也特別敏銳，因此和馬一起工作的人，必須更加留意自己的身心狀態，時時刻刻保持敏銳的自我覺察。畢竟任何突如其來的小動作、內心壓抑隱忍的情緒，都有可能觸發馬兒們的躁動不安。

當我以志工的角色初到馬場，最初的工作理所當然地是清理馬廄。為了安全，學姐們會先把馬兒們牽到馬廄外，再教我如何清掃：首先是以長鐵夾和水桶夾掉表面的糞便，接著拿起鏟子，鏟掉被馬尿浸濕的木屑，裝進空的大飼料袋內。確認完排泄物都清理乾淨之後，才再次推來新的乾木屑，重新鋪上，掃成長方形，像張整潔的眠床。

沾了馬尿的木屑非常沉重，我不擅長使用鏟子，總是得清很久，握著鏟子在馬廄裡翻來覆去，戳戳腳底的木屑，找出所有被馬尿浸濕的地方，挖開時總會有股刺鼻的騷味。

原本我是對可愛小馬抱持夢幻浪漫的想像才來到這裡的，這時候的幻想卻變成了：如果我和馬共處同個馬廄，鏟木屑時不小心被嗆到、打了噴嚏，嚇到小馬，那麼我大概會立刻被牠肥壯的後腿踢昏、倒在木屑堆裡，身上沾滿馬的屎尿吧……

汗流太多的時候，我會看一眼外頭樹下乘涼的小馬們，看看那飄逸的長長尾巴，Liebe 的白中帶黃，棕色小馬 Rainbow 的則像略帶火焰的黑炭一樣，尾巴末端卻都被修剪得很整齊呢。果然是被悉心照料的馬，樹葉的光影在牠們身上摩擦，連陽光與風都樂於撫觸牠們吧。

木屑實在好重，好不容易清好，學姐帶著小馬一進門，小馬又立刻撒尿。我眼睜睜看著努力好久的成果瞬間被破壞，當然會有些驚愕和傷感，學姐覺察到我的嘆息，安慰說這很值得高興啊，代表清理得很乾淨，小馬們需要重新留下自己熟悉的氣味才行。看來我打掃的乾淨程度被 Liebe 認可了。

佛洛姆說愛的元素包含照顧、責任、尊重和了解，我不知道自己是否負責任，但我很渴望從每次的勞動與觀察中都更了解馬一些。有天我開始學習刷馬，終於可以摸到夢想中的小馬了！我既興奮又緊張，卻必須提醒自己：務必要維持鎮靜，畢竟小馬很敏感，我不可以像小朋友一樣，興奮起來就雀躍亂跳或尖叫。

學姐在我的手心滴了一滴精油，請我搓熱手掌，自己先做幾下深呼吸，再將手慢慢放到 Liebe 的鼻子前，雙手迎接小馬體內吐出的濕熱空氣。瞬間，我愣住了，望著牠長長的睫毛、黑色的大眼珠裡頭，映著我的倒影……驀然回神，才明白了原來是我們的靈魂正在彼此熟悉。

牠在向我靠近，以牠的靈魂向我靠近，而我也從身體內部某個遙遠的空間裡頭被喚醒，靈魂睜開了眼睛，往牠的方向貼近。純粹的存在對存在，彼此臨在的交集，共存於此刻的緊密關係。

學姐等到我們都變得輕鬆穩定，才開始介紹刷毛的梳子有許多種，為馬刷毛除了維持毛皮健康、讓毛色更漂亮，還可以跟馬建立深厚的關係，培養感情和默契。依照學姐的指示，我右手穿進橡膠梳，在 Liebe 身上畫圈按摩，小圈小圈仔細地畫，毛間的塵土和皮屑飛落下來，在陽光下熠熠生輝，我們再拿起馬刷，將 Liebe 短短的白毛順著毛向梳理整齊。過程中 Liebe 始終安安靜靜，最活潑的大概是牠的耳朵，放鬆朝向兩旁，偶爾輕輕晃動，顯示牠入睡的同時仍然保持傾聽，敏覺於四周的環境。

馬確實是站立著睡覺的，任何環境的訊息都會進入牠的身體，以致我感覺馬總是比牠的外在形體還更加巨大。如果 Liebe 會做夢，這個夢大概鉅細靡遺收納了馬場裡的每根草、每棵樹、草間的每隻蚱蜢和每陣揚起的塵土，或許還收納了所有曾經走過牠身邊的夥伴們。小馬在睡夢中轉轉毛茸茸的耳朵，在身體裡默默孕育牠自己的呼吸聲，收納了移動在身旁的刷馬人，以及迴盪在整個縱谷平原裡的所有蟲鳴鳥叫，與風聲。

我實在太喜歡這隻白色小馬了，於是日漸熟稔於清理馬廄，木屑掉進雨鞋就脫鞋倒掉；汗水流進眼睛擦掉就好，搬起再重的木屑、吸進再複雜的氣味，似乎都變得可以忍受了。我腦中浮現張懸翻唱的〈留下來陪你生活〉，那句「一起吃點苦，再享享福」讓我忍不住笑了許久，因為我清馬廄的多數時候，Liebe 都在外頭樹蔭下乘涼，看起來絲毫沒有在吃苦，而我在充滿屎尿的馬廄中卻痴傻笑著，揮汗感覺狼狽的自己好幸福。

有次工作提早結束，兩隻小馬正在小場內享用草塊和百慕達草，我得意地想著Rainbow 和 Liebe 一定很滿意牠們今天的床鋪。等待學姐回來的過程，我坐到牠們身旁，翻起隨手帶來的書，那位作者似乎在思緒中卡住了，不斷逼問自己：人心裡為什麼會有一個像小孩的部分，那麼脆弱，那麼渴望天真地去愛別人，並且期盼收到別人的愛呢？

馬場的貓陸續走了過來，是搗蛋鬼、布丁和球球，牠們靠在我沾滿木屑的雨鞋上摩擦，又跳上我的腿，我原本是想在小馬旁邊安靜讀點書的，這時卻被三隻貓黏上、不斷磨蹭。腿上的布丁不斷喵喵吵著，我嘗試忽略，直到牠直接一腳踏進我手中的書內，在內頁印下貓掌，彷彿簽章，標示牠取得勝利了。多麼得意的貓啊！

於是布丁乖乖躺在我的腿上，把整個頭的重量都托付在我的手掌，發出呼嚕呼嚕的聲音沉醉於被撫摸。而 Liebe 和 Rainbow 在身旁咀嚼百慕達草，偶爾吸進草塵再嘶嘶吐氣，早已闔上的書本擱置在藍色圍杆上，搗蛋鬼跳上圍杆，把人類苦思的心靈結晶當作墊子躺。

一隻毛毛蟲爬過，是小白紋毒蛾，晃著身上幾撮黃色和白色的毛經過搗蛋鬼身旁，牠慵懶地舉起貓掌，把毒蛾俐落拍到地上。毒蛾落進草地，回正身體，每隻小腳都穩穩貼地，搖頭晃腦，好像一位小女孩在整頓頭上的雙馬尾，接著繼續牠的旅行，緩慢走在閃閃發光的草地。

陽光漫天灑下，穿透枝葉，微小的光點落到土地，隨風游移，成了光陰。

那天，布丁陪我走到腳踏車旁，我感覺身體變得厚實，似乎從此再也不會過於輕易就被打倒了。這絕對不是體重增加的關係，而是身體好像生了根，腳步開始踏得堅定。

打從那天，我確信 Liebe 的內在空間一定有著深沉穩重的樹根。

Liebe 帶我體驗到非語言的交流可以多深厚，那時我還不知道，這些經驗大大影響了我往後的芳療工作。尤其關於如何站穩，如何喚醒內在柔軟的部分。

有次我站在馬廄外，Liebe 正在馬廄裡吃牧草，我舉起水管，想往 Liebe 的水盆補水，牠卻瞬間以小碎步快速後退，眼睛直直盯著那根水管。我知道我嚇壞牠了，即便牠什麼都沒有說，於是我開始注意動作要緩慢輕柔。當我在馬場裡忙進忙出，經過牠身旁，牠的眼神總像在說：「原來你在這裡啊，我也在這裡呢。」

有次 Liebe 在吃草，我經過馬廄，發現牠忽然抬頭，目光卻不是在看我，我往牠的視角看去，看見一隻柳鶯在樹上跳躍，發出吱、吱的聲音。Liebe 帶我找到了一隻極北柳鶯！事實上，Liebe 不只帶我找到一隻極北柳鶯，牠還帶我發現了原來這就是打開感官，用身體盡情生活、體驗生命的感覺啊。

牠默默望著那隻白肚子的褐色小鳥，表情依然像在說：「原來你在這裡啊，我也在這裡呢。」

是啊，原來我們都在這裡呢。

啊，忘了說，Liebe 是德文，「愛」的意思。

工作結束，離開馬場前，我一定會去看 Liebe。其中一次我站在牠的馬廄外，看著牠在我前方吃草，我對牠唱了〈香格里拉〉：

雨會下雨會停　這是不變的道理
夜空中北極星　迷路的人不恐懼
我唱歌你在聽　一切風平又浪靜
G和絃的根音　撫平脆弱的心靈

Liebe 忽然抬起頭，對我露出了笑容。

你有看過馬笑嗎？Liebe 從百慕達中抬起頭，翻開嘴唇，露出潔白平整的牙齒，那溫柔綿長的白色睫毛、黑溜溜的大眼睛，對我天真地笑！

那天離開馬場前我像個花痴，忍不住內心的興奮，好開心地跳著跟學姐報告：「Liebe 剛剛對我笑了！我唱歌給牠聽，牠對我笑了！」

學姐笑著告訴我：「喔？牠可能是聞到母馬費洛蒙的味道啦！」

好吧，或許吧。佛洛姆說成熟的愛是不能脫離了解的，我上網查了「馬笑是什麼意思」，有人說馬露齒翻唇其實是表示「疼痛」，說不定 Liebe 是在控訴我唱歌很難聽、造成牠的痛苦也不一定，畢竟對於馬的身心和牠所經驗的世界，我確實有太多不了解。

幸好經過了這些年，我已經明白了幫馬刷毛，並不是在為馬做芳療；Liebe 喜歡的氣味是母馬的費洛蒙，以及牠自己的尿。而那滴學姐滴在我掌心，名為「生命萬歲」的精油，單純是為了讓我放鬆心情，幫助我以安穩的姿態來親近馬。生命萬歲，這同時也是學姐們身上常有的氣味，對小馬來說，這就是牠熟悉的照顧者的味道，標示著安全，可以來梳毛了。

八年過去，我很感謝布丁那時在書內印下貓掌，阻絕了沒有出口的思考迴圈，這些動物們讓我體認到：活著沒這麼複雜，又或許其實很複雜沒錯，不過沒關係啦，因為我在這裡，你也在這裡，你就陪我玩一下吧。降生在這世界，有好多事物可以好好體驗啊。

岩玫瑰重生於傷

日日帶著香氣，進出醫院、部落和天主堂，我卻沒有表面上的健康。於是我想釐清，想談談自己學習芳療、來到臺東的原因。

「如果疾病和死亡，終究會把我們珍愛的一切都奪走，那有什麼東西能讓人感覺值得存活？」為了探索這個問題，我從大學畢業後就定居臺東，工作接觸的對象大都是病人、長輩們，以致我早已習慣和老人家一起生活。

有次收到大學的演講邀約，我再次踏入校園，看著大群學生們來來去去，動作輕巧靈活。高比例的人們肚子都還瘦瘦的，身體沒有明顯疼痛，居然令我自覺像隻長期耽溺沼澤地、滿身灰泥的彈塗魚，忽然久違變回綠畫眉，以輕盈的姿態重返綠意盎然的森林。

整場活動，我感覺自己重新體驗飛行，乘風在枝葉間靈活跳躍，享受一種不需刻意營造的自然活力。除了這一刻——

主辦單位辦了快問快答活動，一位學員匿名發問：「形容自己是什麼樣的香氣？」我該在兩秒內回答出來，但這問題卻讓我愣了好幾秒，暴露自己其實很像樂齡健康班的學員。

痴呆的那幾秒，我外表鎮定，內心卻海嘯掙扎到底該不該說實話。

「香」是很主觀的認定，這個問題假定了被詢問者身上的氣味是令人喜愛的。但若要我回想自己的氣味，首先想起的，是整天工作結束後，身上沾染的各種異味、制服上各種精油混雜植物油洗不乾淨的陳年油耗味，再加上四處奔波的汗……

我這位芳療師本人工作時，聞起來很可怕的。

於是一時之間，我不知道該如何回答，主持人又問了一次：「形容自己是什麼香氣？」好像只要披上講師、芳療師這些角色符碼，就容易被聯想到香氛、療癒、慈愛等等的美好形象，但醒醒吧，這是真的嗎？

最後，我只能故作鎮定，逃避回應：「這個問題太善良了，謝謝他。」

好多人認為芳療師本身一定充滿正能量，彷彿天生就是棵根系深厚穩健的大樹，散發源源不絕的旺盛生命力。我確實有幾位這樣的芳療師同事，只要有睡飽，讓她獨自待在茶水間，就能聽見她一個人在大笑，笑聲穿透門牆，充滿感染力。

但以我個人的例子而言，恰好完全相反。

什麼樣的人會刻意學習溫柔說話、練習靜心冥想的方法？通常都是有需要的人。如果還頻繁練習，直到練成專業，那麼大概是對自己特別嚴厲、內心極度刁鑽，且易受黑暗吸引的人吧。

日日帶著香氣，進出醫院、部落和天主堂，我卻沒有表面上的健康。面對他人的注目，我本能地閃避躲藏，或許因為心裡總是在批評自己不符合「夠好」的標準，害怕承受太多過度美化的目光。

於是我想釐清，想談談自己學習芳療、來到臺東的原因。

曾經有次接受催眠，探訪心中的內在小孩，一位左手有罌粟花刺青的催眠師溫柔地說：「注意到那孩子的情緒感受，是不是在你長大以後，會經常來造訪你，甚至有時候會莫名地爆發出來？像是一股哀傷、憤怒、不信任人，或覺得自己不夠好，老想著要躲起來？」

瞬間浮上我眼前的，是一個躲藏在陰暗草叢裡的藍色妖怪。她趴著，躲在我高中時期生物教室外的馬利筋草叢裡，面目猙獰，一雙大眼瞪著我，嘴裡還發出威嚇的嘶嘶聲，像隻警戒的大蜥蜴。

她以嘶嘶聲表達：「不要靠近！」

我蹲在她可以接受的距離，仔細觀看：她有紅色的頭髮，像火在燃燒；她的皮膚受傷了，但長期趴低躲在陰暗的草叢，不敢出來曬太陽，傷口因潮濕而變得更嚴重，藍色皮膚幾乎全部潰爛。她的眼睛濕紅，眼神像在說：「不要靠近！我會讓你失望，不要傷害我！」

「所以躲起來，會讓你感覺安全嗎？」

我問了這位變成妖怪的孩子，回想起高中那時，看見好幾位同學們桌上擺放提神的咖啡，我喝了會心悸，但他們幾乎每日搭配B群吞下。一定是又熬夜讀書了，如果身體需要睡眠，為什麼不能好好睡覺呢？難道人活著就只是為了考試讀書嗎？

十五歲的我在日記裡寫下：「我不屑當發臭的升學主義頂端的蒼蠅。」決心和主流價值對抗，然而卻也知道，這樣的批判源自更深層的羨慕。我不想承認，其實我心底偷偷羨慕著，為什麼不能像其他同學一樣，不要想太多，繼續當個乖乖受人喜愛、令父母放心光榮的好學生？

高中逃學的時候，我回到阿嬤家，癌末的阿嬤對我說：「你也是有心，每天都來。」那時我回想起更小的時候，爸爸生病住院，媽媽忙著照顧爸爸，我也是住在阿嬤家，也是躺在她身邊的這個位置。當我難過，阿嬤會摸摸我的頭，把手放在我的胸口，我就不哭了。早上阿公會載我去學校，上學前，阿嬤煎的荷包蛋加了太多鹽，我沒吃過那麼鹹的荷包蛋，嘴裡直接咬進一坨鹽，到現在都還記得，真的好鹹。

我抱著阿嬤，牽著她的手入睡，小房間充滿藥味。

有天我再次離開學校，躺到阿嬤身邊，阿嬤問我：「我這麼臭，你還願意靠近我喔？」她已經不會再煎那麼鹹的蛋了，我知道她想吃的是床邊抽屜裡的安眠藥，她想自殺，可是沒有力氣。整個櫃子倒掉，雜物散落一地，阿公和媽媽收拾好了。

阿公還在房間外，抱怨阿嬤都不聽話，媽媽在安撫他，而我抱著阿嬤，告訴她：「我愛你啊。」把頭靠向她身上，世界上哪有比這裡還令人安心的地方？

阿公下樓，媽媽也在床邊躺了下來。外頭的世界依然紛雜，唯有阿嬤小小的病榻，如此與世隔絕，如此寧靜安適，我們三人又一起睡了一個午後。

第一次進安寧病房，是跟著媽媽，一起去看阿嬤。

阿嬤會在恍惚中指著床簾說有蟑螂，即便床簾乾乾淨淨；阿嬤也會在半夜叫媽媽靠她近一點，因為她看見身旁的窗戶外有人在瞪著媽媽，靠近一點，阿嬤才能保護媽媽。不管再虛弱，阿嬤都想保護媽媽。

回到學校，我繼續對校園生活的一切感到質疑——如果活著就是注定連最珍視的人都會失去，讀書考試、追求光環還有意義嗎？好幾次，我站在圖書館頂樓想往下跳，想知道是不是進入死亡，就可以找回阿嬤，找回我們一家幸福的時光。但我還是感到害怕，伴隨無盡蔓延的哀傷，不知道在這種現實情境下，我們的愛還有可能以什麼樣的方式存在嗎？

我對高二的班導師道歉：「對不起，我不是個好學生。」很慚愧她一直浪費時間在我身上，我卻始終沒回到正常學生的軌道。

「你首先是個人，然後才是學生。」

她這樣回答，讓我思考怎麼樣才算是個「人」呢？要符合哪些標準，才有資格被稱為「人」，才有資格活在這個世界上嗎？

我在日記裡寫下媽媽的擔心，細數每件造成她不快樂的原因，其中一件是擔心我。她不理解原本好好的孩子，怎麼會突然這麼叛逆，甚至不想活，她懷疑自己是不是個失敗的媽媽，正如我質疑自己，是個夠好的女兒、夠稱職的學生嗎？

阿嬤走後，媽媽很快地跟著生病住院。七公分的腫瘤卡在她的主動脈、支氣管和食道之間，脖子被體內的腫瘤勒住了，我們的自尊被疾病徹底擊碎，各種爭執也隨之粉碎。

或許人都很容易這樣，真的要等到疾病與死亡來摧毀我們原先認定理所當然的一切，使我們頓失所有依憑，才會忽然明白日常煩惱的無謂，明白原來最平凡的日常就已十分珍貴，心中柔軟的愛才因此浮現。

所以我學習芳療，希望有能力守護我的家人，接著又花了好幾年，學習怎麼在無能為力的處境中，透過植物吐納芬芳，清出可以安穩呼吸的空間。

我不斷在探索，有沒有什麼踏實的存在方法，可以讓我們不怕衰老、不怕疾病，也不怕死亡的剝奪。

這就是我來到臺東的原因。要進到最偏遠陰暗的角落，盡可能涉足死亡之地，尋找活著有沒有終極的寶藏，能不害怕一切終將消逝、能夠寬慰哀傷。

在那次探訪內在小孩的催眠體驗過後，我在給自己的按摩油中加入岩玫瑰，這是擅長修復創傷的精油，生長在地中海一帶。岩玫瑰的葉片可以治癒傷口，蘊含濃稠的汁液，在豔陽照射下會自體燃燒，燒掉自身，也燒掉所有鄰近的植物，一起化作養分，清出空間，供土壤裡的種子重新生長。

借助岩玫瑰自燃的力量，我企圖燒掉那些從外界內化而來的標準、那些評判自己不夠好的利刃，全都燒盡。後來，我在冥想中再看過幾次那位藍色妖怪，她潰爛的皮膚已經好了許多，頭髮依然火紅，像隨時都在燃燒，燒掉外界的投射、燒掉內在的幻覺，她留下一抹笑容，提醒我：我們可以更誠實地過生活。

於是，如果此刻重新問我：「形容自己像什麼香氣？」我想回答「岩玫瑰」。

並不是身上的氣味，而是在治癒的性質中，帶有自焚毀滅的衝動，也曾經歷燒灼。我樂意盡情承受毀滅和重生，反覆接受世界就是如此，有踏實的痛苦，也隨時充滿可供轉圜的奇蹟，像撒落種子的岩玫瑰不斷燃燒。

第二次再回學校帶芳療講座，在這樣輕盈愉悅的氛圍中，我決定和青春正盛的學弟妹們一起練習瑜伽呼吸法，期望大家無論發生任何事情，都有方法能靜下心，好好呼吸，涵容每個樣態的自己。

因為我也想告訴過去的自己：即便那套關於成功與競爭的說法依然盛行，但那絕對不是唯一的生存方式。人與人之間能合作互助，社會存在許多種互利共生的模式。並且，或許我們每個人最終極的幸福，並不在於享有多少社會成就與光環，而是有多少能力，接納人就是有可能墜落於各種不堪的境地。

有幾次當我為他人塗上精油，好像也觸碰到了自己身為人類共同的核心，觸碰到那個曾經被鞭笞得體無完膚、自認沒資格活著的自己。帶著呵護的心意，我在看似付出的過程中，其實是在學習如何自我疼惜，輕聲安撫心裡負傷的妖怪：還會痛嗎？沒關係，我會持續照顧你。

在服務過程，我也好像看到了我的阿嬤，無論如何都愛著我們、守護我們的阿嬤，因為在部落裡，我享受到無數長輩們給予孫子的愛，讓我可以放心當個傻傻愛著的小孩。

直到這時候，我好像才終於能夠說出：就算疾病和死亡會奪走一切，每個人都無法逃離，我們終究只能困在這個結局注定是悲劇的循環裡，但至少，當我們宛如困獸，被束縛的時刻，我們還可以互相依偎。

生病沒關係，失智了也沒關係；無論受活受困，都沒關係。重點是我們都在這裡，都還承受生命，那就一起呼吸，一起享有源自大地的生息。

聞見佛手柑和甜橙帶來陽光，月桂和桉油醇迷迭香推動空氣……這些植物陪我們一起曬過太陽，也都在黑夜裡受風吹動。

很高興經過這些年的學習，現在當我和阿公阿嬤們相處，我們可以透過香氣玩在一起。看著長輩們聞香時露出笑容，我心中湧出踏實的滿足，即便明白，我永遠都不可能再次觸碰到那雙屬於我外婆的手——那雙會塞食物給我、在荷包蛋裡加了太多鹽的手，也曾經放在我胸口、為我蓋上被子、牽著我在街巷到處遊走——我永遠都不可能再觸碰。

但我始終記得，那時放學後，阿嬤會騎腳踏車來我們家，腳踏車前方的置物籃裝滿食物和玩具，她就坐在客廳椅子上，守護著我們吃和玩。

阿嬤要離開前，我也總是跑出家門，朝家裡丟下一句：「我送阿嬤回家。」跟著她一路步行到巷口，目送她跳上自行車，直到她騎車的背影完全隱沒在忙碌的街道中。

其實我一直都知道，阿嬤並不需要我送，她一出家門早就可以騎上自行車離去，只是恰好寧靜的巷子裡還有段路可走，我們也就都還想再陪伴彼此，再多走一下。

後記

回想起來，第一次得知「芳香療法」這個詞，是大二時修了心理學課程，在相關閱讀中偶然發現植物精油在安寧病房的療癒效果。

我讀見《好走：臨終時刻的心靈轉化》，一位臨終婦人對於死亡的描述是：「我覺得自己正成為浩瀚無垠的一部分。」書中敘述死亡能激發人的內在，顯露出超越、知悟的品質（a quality of transcendence and knowing），死亡變得不再那麼令人恐懼，甚至散發迷人的吸引力。

這令我十分好奇，經過淬煉的心靈，是否真的能散發出怎麼樣美麗的靈性光芒？

二〇一七年，二十二歲時，我首次來到臺東聖母醫院學習芳療，在讀大學的同時，展開長達兩年多的芳療認證培訓。二〇一八年花蓮發生震災，讓我開始和「芳心好美」團隊有更多互動，也主動告訴芳香照護推廣中心的主任：「等我畢業，我要過來！因為你們服務的對象也是我想投入的。」

沒想到這個決定，居然讓我在臺東待了五年，還完成了這本書。交出整本書定稿的那個禮拜一，早上八點準時寄出文稿，緊接著九點上班，我跟隨護理長、兩位資深護理師一起前往居家安寧的案家，執行衛福部全人照護培訓計畫。

雖然這五年我都任職於同個單位，但這卻是第一次沒有其他芳療師姐姐們的陪伴，獨自一位芳療師跟著護理師們居家訪視。帶著精油，單趟一個小時的車程，我們抵達病人阿姨的家，阿姨躺在客廳的病床上，兒子把空間維持得潔淨明亮。

我點亮床頭的薰燈，讓精油擴散，植物的香息融入背景，護理師們熟練地檢查阿姨的肚子，推測水腫的原因，討論是哪種止痛藥物可能造成便祕，以及建議喝黑棗汁。

阿姨的手上有桃紅色指甲油，是前一週護理長為她塗上的，那天阿姨說她年輕時從事養豬工作，但只要搽上紅色指甲油，她就覺得自己很美、很開心。

我牽起阿姨的手，稱讚：「是紅色的指甲油耶！好漂亮！我幫你按摩好不好？我們來做 SPA，讓你又香又漂亮！」阿姨笑了出來，說好，她心情很好。

於是手機放出溫柔的鋼琴聲，兩位護理師和我一起為阿姨按摩，輕輕觸碰腫脹的肚子、肩膀和胸口，我們三人觀察彼此的節奏，動作一致緩和輕柔。當我們為阿姨的脖子塗上含有檀香和玫瑰的精油，她輕輕閉上眼睛，舒服入睡，感覺好香甜。

在香氣之中，我看著阿姨熟睡的臉，再看向身旁的護理師夥伴們，感覺每個人都流露一股慈愛的能量，我好敬佩這些知識豐沛的夥伴們，能這麼自然就把深厚的關愛透過具體行動落實出來。

就是這個原因，才吸引我一直待在這裡：能欣賞到身旁充滿實戰能力的夥伴們，因真誠而散發靈性的美，激發我期許自己也要持續成長。

原本我只是想在有大片野地的臺東過寧靜的生活，觀照死亡能如何改變人的內在質地，才來到這裡。沒料到因為這份職務負責的項目、服務的族群範圍很廣，讓我看到對許多人來說，活著最艱難的考驗並不只有死亡，還有其他課題也都無比艱難，例如沒有盡頭的長照困境、照顧者與社服工作者的身心耗竭。與此同時，我卻也意外發現臺灣原住民族的世界觀，和自然緊密聯繫、充滿鮮活生命力，好多處境似乎只要換個視野，就能以更樂天的方式應對、超越無奈。

我一直是個很喜歡跑野外、觀察生態的人，這本散文的內容是我從事自然療法工作、在臺東生活的故事。這裡因為地廣人稀，有原住民族特殊的文化氛圍、宗教博愛的人道精神，讓我更加能體認到在這塊土地上，每個人類也都是動物，疾病與死亡是自然界的循環，所有生靈最終都會回歸塵土；對於個體人類來說，再巨大的歡樂與苦難，最終都會成為渺小的塵埃。

身為芳療師，我將人們的身體視作乘載意識的器皿、靈魂居住的殿堂，引入植物的氣息進入人體，透過精油的滲透，軀體和大地植物有了交集。即便身體會破敗，憑藉芳療師與植物氣息的看顧，能以更寬闊的視野來祈願安息，祈願所有的不安都融入自然的循環流轉。

深深希望可以透過這本書的陪伴，喚醒人們更深層的寬容慈愛，並且願意先用這份寬容來滋養自己。也很期待芳香照護在臺灣能夠發展得更深入，我會持續充實各方面的知識，期望能將芳療更完善地應用在有需要的人們身上，為大家帶來身心靈的安適和幸福。

祈願任何情境，都能在自然的香息中得到紓解與寬慰。

致謝

這本書的完成，首先要感謝出現在這本書中的所有人，謝謝你們的存在，讓我的生命能更加豐富深刻。

在東部生活了十年，無論是花東的環境、跨領域的閱讀學習都滋養了我。在此十分感謝東華的老師們，謝謝陳怡靜老師開啟了我的瑜伽修習之路，謝謝王純娟老師帶我認識人本心理學的陪伴模式，也特別感謝吳明益老師，畢業後還不忘提醒我一定要繼續寫作，連做夢都夢見老師說：「早起的時間也是時間啊。」讓我無法推託。

很高興在臺東待五年，終於生出了這一本《三個深呼吸》，提醒我們都要有耐心，嘿嘿，許多事情都必須經冬歷夏，必須等待時機，謝謝老師一直都在，時常比我還更相信我自己。

謝謝碧玲姐的邀稿，讓我開始書寫第一篇芳療工作的經歷，強迫自己下班後打起精神、持續寫作；也非常感謝寶瓶的亞君姐、編輯婕伃，願意信任我、給我修改建議和時間，陪著我將這本書的內容一篇一篇寫出來。

在我學習芳療的過程，感謝ＹＨＣ芳療藝術國界、臺東聖母醫院。很幸福有朱淑馨（Enya）、歐陽誠（Tracy）兩位老師教導我芳療，吳秀珍（Nicole）老師提供我們極佳的練功場域，並且總是樂於放生我、讓我自由，在我要求時，也總是盡力給予需要的支持。

也謝謝芳心好美團隊的每一位成員夥伴，尤其蘇玫姐，從我還是志工時就一直帶著我。謝謝陳恭典教官、許麗香（Sunny）老師、楊昊親學長、軍翰以及眾多志工親友們，謝謝你們的照顧，給予我們團隊滿滿支持，我們才有動力長久。

工作與學習的過程一定難免發生各種意外，很感謝能有大家的支持，還有眾多老師們看守、教我各種方法自救，我們的芳療館位在舊培質院，曾經是學生宿舍，以致其實有好幾次我很好奇，自己究竟是進入了職場，抑或是名為培質院的魔法學校。

很榮幸這輩子有機會能加入「海岸山脈的瑞士人」團隊，秉持傳承已久的人道精神，讓香氣擴散到更多未曾被觸及的空間。

謝謝在臺東一起吃飯、散步、看生態的好朋友們，好好吃飯真的非常重要！謝謝開蔬食店的玲玲姐，讓我離鄉背井還是能享受到像家的食物，溫暖了我。

在玲玲姐收店、離開臺東前，我問她：「只要正念就可以解決所有問題嗎？」她看著我的眼睛，很堅定地說：「是。」為我增添了無數勇氣。

謝謝賞鳥好夥伴、放心伸腿團的密友與我的家人們，是因為有你們，作我最堅韌的後盾，我才敢義無反顧在異鄉探索和玩樂，我好愛你們！

每次的閱讀都帶來新生，感謝所有讀者，憑藉你們閱讀時的呼吸，再次賦予了這本書生命，祝福大家好好生活，好好呼吸，盡情體驗人生，心始終安在。

最後，無論是身為一位芳療師，或是身為一個人，我要向所有植物夥伴們致上深深的謝意。感謝來自大地的所有恩賜，在此獻上無盡的感激，和幸福。

【推薦文】

穿越時空的膚慰

◎古碧玲（《上下游副刊》總編輯）

這是一種純粹的情感記憶。這是在氣味與內心的印象之間，存在著有一種微妙的情感，這是專屬於嗅覺感官的情感。會勾起這類不可言喻、突發感慨的氣味，還有我們小時候常聞的氣味，多少都會喚醒類似的感受。於是，我們感覺自己恍然置身馨香樹叢裡，感覺自己變得年輕起來，心中滿溢著愛。

——曼恩・德・比朗

一位剛滿半百的作家，為了家計，也為了累積與各種人相處的機會，豐富寫作經驗，深悉自己的年紀已無法再去一個大公司上班；創業，又會分去太多的寫作精力。他既想兼顧家庭，又想持續偶爾可以舉家旅行的喘息。百般設想後，他向年輕師傅學起按摩這門技藝，打算日後或許能開一家店，維持行動與經濟的雙重自由。豈料招致某些人的訕笑，謂其竟從事起「這種」工作。

聞訊後，把鄭育慧的〈讓香息縫補於無形〉、〈天使草〉以及接受我PODCAST採訪那集傳給這位作家。隔幾天清晨，他回我：「終於找到安靜的時間專注收聽。感覺好震撼。她的聲音有點沙啞，甚至有點虛弱模糊不清楚，但是她的氣場好穩固、溫柔、慈悲，情感包裹每個意念和字句。強大而溫暖的力量，融化頑固的積雪。是一種自然、文學、宗教融合在一起，緩緩湧動的旋律與狀態。」

還說起育慧的寫作給他的啟發：「她好會寫，感覺敏銳、觀察細膩，我甚至從她的筆法中看見將來要怎麼描繪自己的經歷和遇到的人事物。她的興趣和領域跟我接近，是會被大自然吸引的身體工作者，醫者的『照』穿梭在植物和身體的苦難中間，對老弱病殘悲憫，對大自然力量的敬意。」

這兩篇文章已篤實了決定以按摩為業的作家忐忑之心。我跟育慧筆聊起這件事，談及華人的文化對身體很容易產生「羞恥感」，我們都好奇這是怎麼來的？育慧提到芳療專家溫佑君曾說過，「中國傳統文化，認為貶抑身體，可以提昇靈性。」

育慧是一位芳療師，二〇二一年我們以文結緣。

於文字運用上，新世代文學創作者的熟稔老練不乏其人；所切入的角度靈動活潑，時柔時剛，寓情於滔滔說理間，展現出文學之神賞飯吃的天賦與魅力。尤其在環境書寫這領域，在文學的筆觸夾帶著關於自然的知識，捏塑成當代一支儼然成軍的書寫領域。認識或拜讀過不少這樣的年輕作者作品，儘管不凡者比比皆是，我仍要說鄭育慧的寫作是非常非常特別的。

她以一位華文系畢業生的身分，最後選擇日復一日勞動身體的工作；她掄起雙手，調整身體與雙足位置，以對氣味的領會，觀照到生機、生命、生態，體悟有關香臭、疾厄、死亡、青春與凋零的種種。

芳療師養成的過程中，或許被氣味愉悅的時刻居多。一旦投入人口急遽老齡化的東部醫院芳療部門，日日服務的對象則是常被莫名定義為「偏鄉地區」的老農夫、老農婦、慢性病患者、鰥寡孤獨者，甚至普悠瑪事件的傷患家屬等。迥異於都會裡芳療館開啟門扉迎來的富賈華婦或中產階級，他們的身體狀況絕大多數缺乏經長期細緻養護的芳美柔滑，倒是不乏鬆弛的肌膚、崩落的皮屑、斷掉的手指、變形的關節等，被各種疾病做了記號的破碎身軀。她所從事的芳療，也非一逕的芬芳，很可能面對的是潰爛膿腫、癬布滿身、邊被按摩邊吐痰等遠超過精油所散發的氣味。

從事這工作的挑戰，不僅是衝擊視覺嗅覺觸覺等感官。為這些患者塗上精油，為了避免搓破如已張滿空氣的氣球，不但不能過度用力撫揉這些脆弱的肌膚骨肉，還得耐受告別曾按摩過的生命。我們明白有一天人終將腐朽，可是對一個二十出頭歲的女子，曾經投注時間與感情，即便是短暫的，憑空消失了難道不會常感到無能為力，或動念想放棄嗎？

在高齡化的東臺灣部落或農村，老人即便不像日本的《楢山節考》被棄置於山上自生自滅，但青壯兒女長期西漂北漂，等同於實質的被棄。老老或病病互相照應是真實的存在，年輕人的稀缺也是真實的存在。一個大學剛畢業的女子罕見地選擇芳療，藉花香、草香、木香漫拓在每一個她所服務過的老人身上，當精油的芳郁穿過鼻息，一時間，苦水彷若化作甜泉。用一雙青春溫度的手握住僅餘一息、即將前往另一個世界的阿公阿嬤，「如果握住一隻手是爺爺此刻的需求，那麼在可以的時間內，就讓他握著吧，我們就在他身旁多站一下。」育慧和其他芳療師或許就如同他們的女兒孫女，以植物氣息送別他們靈魂離開身體的剎那，將靈魂置換到另一個次元。如果在陰陽界間真的有中陰，當他們回首人世最後一瞬時，或許是各種馨芬氣息縈繞的場景。

不知育慧是天性或後天在自然環境觀察學習使然，她發自內在很愛與老人相處，還不時暗自竊喜，自覺幸運。她慶幸自己身為「白浪」（漢人），仍可以透過按摩，付出一點勞力，進入部落裡去當小孩，享受長輩們的疼愛；透過芳療，短暫參與他們的世界。

對氣味香臭、死生老病的包容，育慧近乎奇葩地總那麼有情卻不濫情，叫我聯想及對感官始終保持熱忱探險的黛安・艾克曼：「人似乎不可能脫離世間漫遊，只有鬼神能夠脫離其感官，也就是我們所說由感官中『解放』。人生必死，且充滿知覺；這既是我們所懼，亦是我們的特權。我們受知覺控制，雖然它們擴大了我們的世界，卻也限制、束縛了我們，只是方式是多麼地美，正如愛也是美麗的束縛。」而育慧則是寫道：「有些器官壞了就是永遠破敗了，不會再回來，肉體有太多不可回復的境地。但即便身體不可能長存，我還是樂於學習芳療，喜歡接觸散發各種香氣的藥草，因為當我們被拋置在這樣的處境，植物的香氣總是提醒我：只要還能呼吸，我們就還保有一些選擇，能夠更安穩地嘗試為彼此創造更加舒適的可能。」

儘管育慧曾困惑過芳療究竟能對那些持續壞掉的身體起什麼作用，倒不浸淫在無力的沉痛裡。她有自然的先備知識，卻從不賣弄；她不煲燉心靈雞湯，不持著宗教那種生命輪迴論，而是用恰恰好的柔軟、無形的植物氣味包覆人心與褓抱軀體。這也是身處充滿訾議雜囂的世界，偶爾覺得心累時，我會去找出育慧的文章，讓她隔空「膚慰」我，一如那年屆半百重新學習按摩的作家，也一如那些被她真實撫揉的老人家所領受的「使我躺臥在青草地，領我在可安歇的水邊」，只是從未告訴過她。

近些年，試圖以地方創生提振人口高齡化、缺乏醫療資源的限界聚落生機；若是每個限界聚落能配備一、兩位如育慧這般的芳療師，也許比任何作為更加實惠，更能活絡那些即將凋零的身心，但這毋寧是過度爛漫的奢望。正因此，不把魔幻巧熟的文字用於自我耽溺，呈諸於寫作上的是透由雙手觸撫他者的心領神會，尤顯得極其特別。

讀著《三個深呼吸》時，彷彿嗅到些許馨香湧動在空氣中。

我們都好愛植物。但也許下一次，要和育慧相約去看臺灣的最南端，猛禽與許多候鳥的秋季出境大廳，那又是她擁抱世界的另一篇章了。

【推薦文】

時光將與感官並存

——寫給鄭育慧的第一本作品《三個深呼吸》

◎吳明益（國立東華大學華文系教授）

人類喜歡浸淫在香草或花朵的記憶裡：檸檬皮、玫瑰花瓣、梔子花、蜂蜜、薰衣草枝。我們想要享受感官的記憶，並且告訴所有我們邂逅的人——甚至包括陌生人在內：我們也和盛放的大自然一樣招蜂引蝶。（Diane Ackerman，《氣味、記憶與愛欲》）

十年前的春天，我收到一個長長的臉書訊息，那是一個高中剛考上大學的女孩寫來的。為了寫這篇文章，我找到對話一開始，訊息裡的「她」說，因為陪伴家人的關係，原本想留在家鄉的大學讀書，但第一次走進考上的那所校園時，發現草地上幾乎都只栽種了「南美蟛蜞菊」。那時已經接觸一些生態團體的她開始憂鬱，問自己是否要把自己最珍貴的幾年時間，交付給這樣的空間？

或許有人會「理智地」認為這個女孩未免太過敏感，大學就是追求學問的地方，草地上是百草叢生，抑或是有獨占性的蟛蜞菊，並沒有關聯不是嗎？但重讀這則訊息的我卻喚起了當初的共鳴，並且再一次確認了，那則訊息裡的誠實和獨特的氣味。

我想起自己參加研究所口試的時候，曾對主試老師過分誠實地回答，來口試只是想感受一下不同學校口試的內容，我已經決定就讀另一所已經公布錄取的學校了。當口試的教授問我為什麼選擇另一所學校時，我的回答不是師資、課程，或是聲譽，我說我去那所學校筆試的時候，發現那裡樹很多。

我用「樹很多」的標準來選擇研究所，畢業找工作時亦然。教書不是我感覺愉快的工作，但如果是在離山和海都很近的花蓮，似乎就可以接受了。

人活在「環境」裡，讀書或工作或生活都不可能和環境無關，當我們有選擇權的時候，就像臺灣狐蝠、環頸雉、食蟹獴或是石虎，都會選擇感覺安全、舒適，最好連氣味都讓自己放心的處所。

隔年這個寫信給我的女孩來到我任教的學校，四年後，她留在了臺東，漸漸成為一個業餘的鳥類研究協助者和合格的芳療師。又過了五年，這段經歷，變成了你手上的這本《三個深呼吸》。

育慧幾乎上過我在東華開設的每一堂課，因此當打開《三個深呼吸》的檔案時，我也把她曾經給我的每一個作業與作品重讀一遍。那包括了文學史的報告、自然書寫的創作、流行音樂的自錄節目，以及每隔一段時間就會傳給我的「華湖鳥況報告」……。

在自然書寫的創作裡，育慧寫了她參與環境學院老師主持野鳥繫放的過程。研究助理得布網抓取樣本，並且盡快發現落網的鳥，將鳥快又小心翼翼地取下後，為這些小小的身軀秤重、戴上腳環，拿游標尺測量牠們的跗趾長、跗趾寬、嘴長、嘴深、嘴寬、全頭長，再換上長尺測量翼長和尾長。育慧負責在夾鏈袋和塑膠試管上寫下牠們的環號、鳥種和日期，準備裝牠們的羽毛和採檢的血液樣本。

在那樣的作業過程中，意外是會發生的——有的鳥會緊張過度，有的則會在掙扎中受傷，有的在落網被取下之前，身體可能就受到致命性的傷害了。文章裡寫到他們曾取下一隻狀況不佳的黑臉鵐，試圖餵牠清水加葡萄糖，但鳥依然喘著氣沒有回應時，有人提議是不是應該給牠一個痛快。但手邊的工作一件接著一件而來，育慧最終瞥見「凳子上的黑臉鵐無預警地摔了下來，倒在地上奮力拍翅，雙腳不停掙扎，最後用力往空中一蹬，那直直的一蹬之後，就再也沒有把腳收回去了。」育慧寫著：「我撿起牠溫熱的屍體，輕輕握在手中，羽毛的觸感又軟又細，像是靈魂完成最終轉化的質地。」

那門課育慧在手繪的作業選擇畫磯雁（紅頭潛鴨），線條綿密，在我眼裡，她想要描繪的是生的質地。

畢業後育慧成了芳療師，我是知道的，但只知道她不是在城市的電話那頭等待預約的那種芳療師，細節我一無所知。原因是我從來不會刻意主動詢問畢業後的學生「在做什麼」。因此她偶爾傳來鳥類手繪，或者告訴我文章刊登在某處、推薦我哪個鳥類插畫家時，便成了我們對話幾句的契機。我從她的片段訊息裡了解了，她在臺東聖母醫院的這些年，跟隨資深芳療師照顧偏鄉的病人、老人和醫護人員，然後自己也考上證照，常常在各部落之間往返奔波。他們微薄的人力不僅用在部落上，還有安寧病房、長照中心、災民家裡，甚至是殯儀館裡傷心的罹難者家屬。

這個過程裡她不是沒有懷疑過（就像我也懷疑過文學的作用跟意義），也第一線體驗到偏鄉醫療資源貧乏、照護人力不足造成的消耗——那些長期患病家庭對照顧成員的消耗。有限的資源面對時間之流裡源源不絕的病與死，尊嚴與熱情相比之下就像易碎品。

與醫師不同，芳療師對抗的武器是玫瑰、佛手柑、薰衣草、羅馬洋甘菊、檸檬香茅、絲柏、大西洋雪松、永久花……，還有他們的雙手。育慧沒有把這一切寫得濫情感傷，沒有沉迷在「小馬對著我笑」、「無怨無悔」這樣的心靈小語，當然，育慧的文章也不存在著只為了追求「文學性」（我在文學創作這一行常常迷惘的一個詞）而迷路導致的喃喃自語。她在記錄這些過程時往往用的是冷靜自持的字句，有時也連接上同時影響她人格成長的自然科學。就像她曾在作業裡提過的一本關於舞蹈的書《疊韻：讓邊界消失，一場哲學家與舞蹈家的思辨之旅》，內容是法國哲學家 Jean-Luc Nancy 和編舞家 Mathilde Monnier 討論舞蹈的通信。裡面寫到：「終歸，一切都在飛天和遁地之間：既非前者亦非後者，而是兩者之間的某種張力；某種堅決留守在人世間的方法，絕不就此消失，不上天堂也不下地獄。」

可能因為偏見，我對臺灣過去由副刊和文學獎導引下生產的部分散文作品有些猶疑，特別在這個社群媒體發達的時代，「寫自己」後出版的意義可能日漸稀薄了吧。我的想法是，不管是哪一種題材的散文，重點在不僅把經驗寫下來，也可以把寫作當成生活的一種手段，讓自己朝向更深的知識性，或想要追求的專業方向而去。想寫的衝動來自內在，而因為寫作而發展出自己獨特的生命史，或許才是「散文」這個臺灣特殊的文類今日還能存在的意義。

我想起推薦給學生閱讀的艾克曼（Diane Ackerman）曾寫到氣味在眾多生物的身上如此重要：「恐嚇、邀請、求愛、指示食物地點、宣戰、口令、敲喪鐘、指引回家的路線。」（《稀世之珍》）育慧用氣味定義了自己的選擇，也持續不斷地以一個業餘者的身分協助鳥類調查的相關工作，這兩者在育慧作品的面貌是不能切分的。我讀到育慧的作品裡，她和那些照護者之間互動的種種，有一種時光將與感官並存的既視感，她用自己的身體和筆去證實這一點。

我想，這就是育慧第一本書明確的標記，與眾不同質地的標記。

【推薦文】

以書寫對在地深情探索

——「一一二年後山文學年度新人獎」得獎作品專輯推薦文

◎江愚（國立臺東生活美學館館長）

花東的土地確實會黏人：緩慢的生活步調、廣闊的大山大海，以及豐富的自然生態。相當高興得知今年新人獎得主都因到花蓮就學，而對東部產生情感。鄭育慧的《三個深呼吸》（投稿作品原名《膚慰》）源於畢業後移住臺東擔任芳療師的工作經驗。本年度投稿作品除了細膩的文學表現技巧，更有深刻的觀察和省思，尤以散文及小說兩個文類最為突出，從中脫穎而出實屬不易。

《三個深呼吸》散文作品獲得評審團高度肯定，以芳療師身分書寫，文章包含了專業花草知識、面對各種群體與創傷的體驗，也精準摹寫臺東在地植物氣味、生態物種和地景地貌。雖是奠基於職場經驗，在醫者與病人之間的倫理書寫掌握距離極佳，更多展現自身的時時觀照，可讀出她的生命脈絡，且將為之感動。

本館由衷感謝「一一二年後山文學年度新人獎」五位專業評審委員：周昭翡、方梓、甘耀明、連明偉及黃秀如，以兼具感性和理性的專業眼光，審慎遴選出今年的得獎作品，共同提攜花東在地書寫人才，創造屬於東部獨特的文學特色，在此向無私付出的評審們致上無限的謝意與敬意。

期許每一位潛在的文學新人們，能夠持續以深情探索這片蘊藏無限可能的土地，累積在地的生活經驗、製造與他人的情感互動。繼續透過文字書寫，覺察自身和周遭，並嘗試不同寫作語言或表現型式，開拓後山文學更寬廣的道路，也讓臺灣其他地方的讀者能藉由閱讀，領略東部的美麗面貌。

國家圖書館預行編目資料

三個深呼吸/鄭育慧著. -- 初版. -- 臺北市 :
寶瓶文化事業股份有限公司, 2023.10
面 ; 公分. -- (Vision ; 248)

ISBN 978-986-406-381-9(平裝)

863.55 112015887

Vision 248

三個深呼吸

作者／鄭育慧

發行人／張寶琴
社長兼總編輯／朱亞君
副總編輯／張純玲
資深編輯／丁慧瑋
編輯／林婕伃
美術主編／林慧雯
校對／林婕伃・陳佩伶・劉素芬・鄭育慧
營銷部主任／林歆婕　業務專員／林裕翔　企劃專員／李祉萱
財務／莊玉萍
出版者／寶瓶文化事業股份有限公司
地址／台北市110信義區基隆路一段180號8樓
電話／(02) 27494988　傳真／(02) 27495072
郵政劃撥／19446403　寶瓶文化事業股份有限公司
印刷廠／世和印製企業有限公司
總經銷／大和書報圖書股份有限公司　電話／(02) 89902588
地址／新北市新莊區五工五路2號　傳真／(02) 22997900
E-mail／aquarius@udngroup.com

法律顧問／理律法律事務所陳長文律師、蔣大中律師
如有破損或裝訂錯誤，請寄回本公司更換
著作完成日期／二〇二三年
初版一刷日期／二〇二三年十月
初版二刷日期／二〇二三年十月三十一日
ISBN／978-986-406-381-9
定價／三六〇元

本書獲國家文化藝術基金會創作補助。
本書為「112年後山文學年度新人獎」得獎作品。
後山文學獎指導單位：文化部
後山文學獎主辦單位：國立臺東生活美學館
後山文學獎執行單位：木蘭文化事業有限公司

AQUARIUS 寶瓶文化事業

愛書人卡

感謝您熱心的為我們填寫，
對您的意見，我們會認真的加以參考，
希望寶瓶文化推出的每一本書，都能得到您的肯定與永遠的支持。

系列：Vision 248　書名：三個深呼吸

1. 姓名：＿＿＿＿＿＿＿＿＿　性別：□男　□女

2. 生日：＿＿＿年＿＿＿月＿＿＿日

3. 教育程度：□大學以上　□大學　□專科　□高中、高職　□高中職以下

4. 職業：＿＿＿＿＿＿＿＿

5. 聯絡地址：＿＿＿＿＿＿＿＿＿＿＿＿＿＿＿＿＿＿＿＿＿＿＿＿＿＿＿＿

   聯絡電話：＿＿＿＿＿＿＿＿＿　手機：＿＿＿＿＿＿＿＿＿

6. E-mail信箱：＿＿＿＿＿＿＿＿＿＿＿＿＿＿＿＿＿＿＿＿

   □同意　□不同意　免費獲得寶瓶文化叢書訊息

7. 購買日期：＿＿＿年＿＿＿月＿＿＿日

8. 您得知本書的管道：□報紙／雜誌　□電視／電台　□親友介紹　□逛書店　□網路
   □傳單／海報　□廣告　□瓶中書電子報　□其他

9. 您在哪裡買到本書：□書店，店名＿＿＿＿＿＿　□劃撥　□現場活動　□贈書
   □網路購書，網站名稱：＿＿＿＿＿＿＿＿　□其他＿＿＿＿＿＿

10. 對本書的建議：（請填代號　1. 滿意　2. 尚可　3. 再改進，請提供意見）

    內容：＿＿＿＿＿＿＿＿＿＿＿＿＿＿

    封面：＿＿＿＿＿＿＿＿＿＿＿＿＿＿

    編排：＿＿＿＿＿＿＿＿＿＿＿＿＿＿

    其他：＿＿＿＿＿＿＿＿＿＿＿＿＿＿

    綜合意見：＿＿＿＿＿＿＿＿＿＿＿＿＿＿＿＿＿＿＿＿＿＿＿＿＿＿＿＿＿＿＿＿

11. 希望我們未來出版哪一類的書籍：＿＿＿＿＿＿＿＿＿＿＿＿＿＿＿＿＿＿＿＿

讓文字與書寫的聲音大鳴大放

寶瓶文化事業股份有限公司

（請沿此虛線剪下）

廣　告　回　函
北區郵政管理局登記
證北台字15345號
免貼郵票

寶瓶文化事業股份有限公司　收

110台北市信義區基隆路一段180號8樓

8F,180 KEELUNG RD.,SEC.1,

TAIPEI.(110)TAIWAN R.O.C.

（請沿虛線對折後寄回，或傳真至02-27495072。謝謝）